当代许氏诗词选

许国立 题

许成霞◎主编

安徽师范大学出版社

·芜湖·

图书在版编目(CIP)数据

当代许氏诗词选/许成霞主编. —芜湖:安徽师范大学出版社,
2019.10
ISBN 978-7-5676-4023-8

Ⅰ.①当… Ⅱ.①许… Ⅲ.①诗集-中国 Ⅳ.①I22

中国版本图书馆CIP数据核字(2019)第059282号

当代许氏诗词选

许成霞◎主编

DANGDAI XUSHI SHI CI XUAN

责任编辑:潘 安
装帧设计:张 玲
出版发行:安徽师范大学出版社
      芜湖市九华南路189号安徽师范大学花津校区
      邮政编码:241002
网   址:http://www.ahnupress.com/
发 行 部:0553-3883578 5910327 5910310(传真)
      E-mail:asdcbsfxb@126.com
印   刷:江苏凤凰数码印务有限公司
版   次:2019年10月第1版
印   次:2019年10月第1次印刷
规   格:880 mm×1 230 mm   1/32
印   张:9.125
字   数:200千字
书   号:ISBN 978-7-5676-4023-8
定   价:68.00元

太岳家聲遠

高陽世澤長

祝賀許氏詩詞合集出版

戊戌清和月許有清書

家族文化傳承實現

代有人材長盛不衰

許氏詩詞合集戊戌初夏 許松鹿書

弘揚許氏文化

許源泉書

太岳
家聲
遠高
陽世
澤長

戊戌浹和月　許有清書

禾陵文化瀰□昌
家門多學軒如山

文曰武稽文化瀰以沿泉門章學紹以山
栗主戊戌夏月栗源許鈞洋

賀許氏詩詞集出版

許府緣忠良名賢出名

賢太岳家聲遠高陽

世澤長

廣東許氏宗親會致賀

歲在戊戌許導罷撰詩並書

許氏文壇源遠流長花詩集

發行傳華夏許家歷來文

筆影盛世族大才子佳

北京許氏宗親會會長許振峰撰並書於深圳

慈心泊天地

孝道貫古今

戊戌清和月許有鵰書

天一惜阴

为蒙许氏诗词会

傳承家族文化

許正題

前 言

　　卑微的个体,在群体的怀抱中,总是让人充满想象。苍凉的昨天与壮美的明天, 在今天的每位身上汇聚成焦点。智人走到今天,是故事连接了万千世界。每一个的特别,都是故事的延续。每一个故事,都是接力的传递。每一次传递,都是文明的升华。于是,今天我们便站在一代代巨人的肩上启航。于是,生命的活力与创造便源源不断。"反者道之动",无边无垠的大道,创造了自然,光芒了智慧,成就了微妙的你我。有这样一位个体,从安徽无为走来。小河淌水的一隅,许村拥抱了这颗微尘的存在。这里,记录了祖辈的悲喜。这里,许氏文化浓郁。这里,连接着华夏的许氏宗亲。就这样,躁动的个体,沐浴了许氏文化的精髓。祖先故事的传说,把许氏文化洒向了世界的每一个角落。就这样,在上海遇到了许氏宗亲那一个个鲜活而闪亮的个体,在彩云飘动的天际,有人用诗与远方铸就了生命的天堂。就这样,在一个美妙的上午,宗亲许成霞,带着喜悦而坚定的口吻道:就要出版了,你能否写序?我是何人?意欲何方?还在苦苦求索中的我,怎敢在诗词的海洋中说三道四!暗思再三,便把成霞宗亲的要求放置一边儿。未曾想,两个月后的某天,我似乎看见挥舞的鞭子,更仿佛听见电闪雷鸣的喝令。于是,我便立即在冰冷的键盘上,敲击着自认为浓墨重彩的文字。忐忑的心,被使命绑架。人类历史的变迁,把山河按照意志装扮。人化与未化的自然,一再容忍着人类的主流情感。我们描绘一切的时候,总是喜欢站在道德的制高点。我们付诸行动的时候, 总是喜欢忘记弱小者的呻吟与不

I

快。有文字以来,人类、社会与自然,相互联结成无穷的节点。当今世界,将把人类推向何方?我们不得而知。但有一点可以肯定,智慧的心灵,只要不被物欲掩埋,或许会等到"全面而自由解放"的那一天。问题是:作为智慧的人类,拿什么来安慰自己的心灵?当下,正值关键时期。我们不必惊慌,也不必无视。自然那博大的情怀,可以消解我们不知所措的迷茫。在科技迅速突进、社会快速变迁、心灵寻找港湾的当下,有那么一群人,有那么一族宗亲,正在放歌、正在思考、正在探寻。许氏宗亲900万人,分布在世界的各个角落。许氏一族,世界一家。许氏一族,悲天悯人。许氏一族,思考拼搏。渐渐地、渐渐地,一首首歌汇成强音,一首首诗叹物感怀,一首首词憧憬未来。

本书的出版是一件大事。谓之大,是因为与心灵有关。

本书的出版是一件盛事。谓之盛,是因为是许氏心灵的合奏。

我读此书稿,时刻被真情打动。每篇作品,宛若一位美人,在晴朗的夜空下,翩翩起舞。那神一般的舞姿,有谁不为之倾倒!

许氏家族,儒风烈烈。壮烈的情怀,担当的精神,天降大任的豪情,我总能在字里行间信手拈来。我读此书稿时,时刻被真心俘获。每篇作品,真心在荡漾,真心在诉说。娓娓道来的真心,就像知己促膝长谈,又像灵魂的自我独白。那些深刻检讨的文字,不免让我想起"弱者道之用"的奇妙境界。

许氏家族,道心永续。深邃的思考,格物的情怀,存在的思辨,我总能在文字的背后受到教育。我读此书稿时,时刻被真实包裹。每篇作品,犹如一幅幅生活的原图,总让我掩卷，也总在催我跳进"这一个"场景，去感受、去体验、去修复。那种再得原味的共鸣，便是大美与灵魂的舞蹈。此书稿是真实的集合体，是情感的外化表达。真实是美的核心源泉，没有真实便没有美。

许氏家族，禅心悠远。鲜活的真实，把天边的思念唱进背包中继续前行。慈悲的咏叹，让读者捧出了自己热烈而天真的心。读此书稿，我串联了时代的赞歌，触摸了宗族的脉搏，感受了无穷的韵味，激荡了我许久的期盼。

木有根，枝繁叶茂；水有源，川流不息。草木皆然，人何异乎？我期待，许氏家族，人才辈出。我期待，许氏家族续先辈之荣光，挟时代之激流。我期待，许氏家族团结向上，为中华民族的伟大复兴，高歌在诗词的航道上。

许淶华

二〇一八年七月

目　录

第一辑　古体诗选

ii

第二辑 词 选

第三辑　现代诗选

第一辑

古体诗选

许碧霞①古体诗选

山行

春风临古道,晓日晒浑融。
曲径通幽处,苍枝嫩叶红。

植树

一角豆杉秧,分株植野荒。
春栽三寸绿,夏享万顷凉。

听蝉

雨歇苍林翠,虫鸣草木深。
感时疑错觉,愕首夏昭临。

偶见鸟哺

嘤嘤催母急,觅食越重林。
羽翼丰盈后,空山没鸟音。

启明星

人尘国是两茫茫,血雨腥风六月霜。
一自红船飞浪出,启明枯夜亮东方。

---

①许碧霞,男,江西宜丰人,50后。退休干部。2014年初开始写作近体诗词。江西省诗词学会、国际中华诗词协会会员,中国诗词家协会理事,国家一级诗人。

琴音

一缕清弦凝雅韵,厢楼唱晚楚风吟。

高山流水经年久,今日何人苦苦寻?

过洞庭

君山浮影驾烟波,万点青鳞出苇禾。

玉绢盈盈牵浪远,渔舟一网大风歌。

瞻深圳莲花山感怀

千古莲台梦作峰,经霜傲雪露真容。

老人椽笔躬亲点,一夜云霄越九重。

首艘国产航母海试

潮平海阔正帆时,击棹苍龙出海池。

今借长风三十万,拂云啸日五洋犁。

读志

冷卷尘封衰盛事,墨香散尽隐春秋。

捻须慢字人何在?只遣辞章世上留。

洪江凭吊王昌龄

北朔烽烟塞月孤,南离寒雨断山涂。

庙堂若与江湖便,谁识冰心在玉壶?

说孔子

周游列国非常道,夫子黄粱枕显猷。
若有明君留大任,何来今日品春秋。

红蓼秋江

秋江淡水逐斜阳,苇叶闲堤倦晚妆。
一网渔歌惊白鹭,丹晶赤穗迭苍茫。

醉联

丰年硕果满楼台,提笔无从墨自开。
半夜东家还劝酒,醉毫方晓又春来。

夜读《三国》

乱世群魔争霸主,生灵涂炭鬼魂游。
沧溟不与枭雄便,吴蜀分疆破九州。

劝书

立礼兴诗书作伴,黄金屋里岁无寒。
层台薄垒经年积,俯首江天拾伟观。

观无字碑

一从混沌分天地,薄命红颜翰墨题。
多少伦巾空扼腕,媚娘不语古今迷。

天狗吃月

不知天狗为何物,昨夜惊闻月又吞。
一醒方知时序换,哮天却是报家门。

冬日见鹅群

一垄闲田玉羽镶,霜毛雪颈引帆樯。
岚烟乍起空朦处,却是云裳饰野荒。

夜宿宾江

入榻江边不得晨,听涛悦乐数家珍。
夜深风絮疑天籁,却道滕王送早春。

残荷

枯株遒劲三分直,故叶雄苍醉墨垂。
写意难求工笔整,风裁霜染任由施。

看春

一树疏枝一树红,春情咫尺各天工。
浮芳散尽桃花落,绿满中天唱大风。

家来燕

斗舍檐低三十载,逐云紫燕始今来。
分泥香落知多少?教我门楣早早开。

早梅

脂玉精魂浮梦揭,折腰颜色假琼池。
趁时无雪阳春早,适欲芳华第一枝。

习耕

学耕垄上扶犁累,深浅高低任渺然。
种谷催生秧不发,拔苗助长粟难全。
入渠白练千重雾,出水青泥万缕烟。
空唱乡歌闲杜宇,汗牛善驭可诗田。

山居

脉起昆仑汇我家,翠峰绿岭著风华。
朝牵东岳梳云雾,夕抚西河洗浪花。
最恼流泉吟旧韵,独崇飞瀑绽新霞。
几声犬吠来人客,掬缕松涛煮果茶。

异地搬迁扶贫

爬坡越岭汗粘纱,狗瘦毛长屋架斜。
昨日已商挪旧址,今时又话建新家。
门依集市财尤旺,房靠村中梦亦遐。
开井要开泉水井,种花就种吉祥花。

登长城

莽苍脉动昆仑出，敛甲雄浑万里翔。
铁马秋风随踏鼓，金戈夜雪任垂缰。
帝秦不再烽台熄，玄塞仍存圣火昌。
今借落晖燃瞭哨，假烟斜日示兵荒。

湖北九宫山听泉

林涛递韵空山出，石上游泉典轶浮。
烟笼峰峦藏岁月，日斜断堑锁春秋。
沧溟不与枭雄便，铁马难随将士矛。
赶考金銮挪紫气，冲天霸业付东流。

桃源浔阳古寺寻踪

蒿没颓梁盖渺然，月光半挂泻寒烟。
晨钟暮鼓经年去，法雨禅房历岁迁。
草树摇风吟楚地，苔垣滴露问吴天。
浔阳本是江州浪，何渡桃源结佛缘。

桃花源寻记

陶令神游梦画屏，世人寻觅九州瞑。
有闻黔县漳河秀，又说匡庐峡谷馨。
最是武陵张咏奏，从来沅水潜夫聆。
浔阳古寺钟声早，又唤诗家赋与听。

题甘肃镇原"汉柏"

铁骨冲霄吟旧梦，虬龙溜雨试苍穹。
书香孑影难为事，剑气孤魂可烈风。
无意植株留老柏，有心忧国落悲鸿。
潜夫隐逸今安在？黛色参天五岳中。

偶读《韩愈文集》

气盛简言皆有意，性方道直自求苛。
文章盟主乾坤搏，谏净纯臣劫难磨。
不尚大流从旧制，独崇小众趟新河。
袁州幸得长安赦，肇始宜春日夜歌。

登江西明月山

沟壑生烟林泛水，峤峦滴韵子规喁。
紫樱雨打随飞瀑，绿竹雷惊拂断峰。
坐看流泉收画卷，行吟幽谷阅花容。
一溪白练牵香远，几缕清辉影万重。

读《痴心不改宜春月》有寄

城外青峰悬玉镜，山明溪静引层峦。
初升有序难为损，始缺依时总复团。
寒屋十年圆影掬，清晖一夜秀江盘。
痴心不改千秋月，长把春台作拜坛。

题湖南武陵山

虎踞龙盘武水悠，三苗故国楚黔浮。
长江饮马晴穿醉，穆角屠村冷月踩。
万壑涛吟珠有泪，千峰松语叶无喉。
冲霄碧血苍天染，喷石悲歌越九州。

寄雄安

白洋淀畔苍龙动，一夜云帆燕赵同。
古邑千秋难耀彩，新区万载可称雄。
沧桑郡县孤三市，靓丽都城共九鸿。
累土层台今肇始，横空出世驭长风。

重阳节前咏芙蓉

养尊寿客醒丛迟，瘦岸芙蓉对日痴。
岁又重阳霜透叶，序更时律露沉枝。
琼田落影红鳞起，秋水递香溇彩靡。
无意风流呈艳色，不曾玉润有谁知。

回家过年

应律观时候鸟鸣，东南西北踏归声。
行囊鼓鼓皆装梦，脚步匆匆尽激情。
轮卷江天谁洞识？足量经纬自心明。
炎黄儿女惟家系，脉动沧溟日月惊。

春水

一湾春水走岚烟，岩岭浮云入渺然。
鸟啭空山沉野谷，溪鸣岑壑起颓渊。
先锋已汇三江口，后队方凝五岳巅。
日夜欢歌开画轴，流香递彩总朝前。

晒秋

杲杲晴云五谷收，椒红莲白晒三秋。
听涛芒苇掀鲸浪，掬水枫杨钓燕舟。
西岳金风涂玉佩，东田银菊袭青眸。
律从霜降娇寒近，我寄江天七彩留。

百合吟

蜂蝶弄春难闹醒，只缘无意苦芳名。
四围耸翠浮岚隔，三界流香断梦盲。
雨打荒原残蓓蕾，日融沃野晒青茎。
偃风仰月听由故，一夜云裳玉骨擎。

季春日随记

桃红柳绿已多时，瘦岭丰腴匿子规。
跌水流香凝白练，浮岚含黛捻青漪。
路边农舍炊烟晚，山下村原牧笛迟。
莫怪小姑迎客慢，只缘陌上正开犁。

立春

一鞭春打催新绿，律向花飞恐后迟。
青帝温情枝自笑，玉龙暖意鸭先知。
峰峦拔节三三长，阡陌开犁两两驰。
借问光阴何以待? 东君细语惜行时。

立夏

末弩东君硬搭弓，撵雷赶雨洗苍穹。
无栏沟壑飞流瀑，有嶂峰峦拾落红。
春夏多情常变化，秋冬缺道少浑融。
青天半漏闲云渡，赤帜扶摇展热风。

立秋

一枕新凉收暑色，夜霖熄炭润禾帏。
老桐叶动惊蝉瘦，倦柳丝垂试鲤肥。
日月不嫌时律弄，乾坤只可自然依。
千金难觅沧溟顾，七彩江天下翠微。

立冬

疏林挂漏冷风起，落木纷纷报律移。
方念南山行泛菊，又邀西岭捧梅枝。
冷霜门闭宜温酒，暖日窗盈好酝题。
倚岸芙蓉千里望，秋华十万几相随。

许涞华①古体诗选

浦之舟

滂沱三味风雨浓,斑驳往事红尘梦。
从天而降言自由,江水连绵皆向东。
画舫穿行色两岸,灯饰起舞遍彩彤。
举国侧听万籁声,幽心探微尔从容。

光阴花

年年窗前绿磋砣,岁岁屋后觅方舟。
鬓发层层正染霜,落叶萧萧趋暗沟。
将军梦呓临长城,铁马秋歌梦南楼。
独处低吟青冢事,恢弘笑谈孙仲谋。

铜仁轴

飞龙横贯卧铜仁,静心慧眼洞古今。
金顶毫光佛缘起,东山大愿转法轮。
千年巨变尽苍桑,当下宏图达真情。
三圣显灵泽福田,万民颂歌当家人。

---

①许涞华,男,1963 年生,安徽无为人。当过兵,从过政,经过商,教过书,种过田。平时喜欢看点杂书。热爱自然,崇尚自由,在寻找本真的道路上,孜孜思考,努力求索。

光

琅琊屯兵缓称王，醇泉三盏望故乡。
踏遍山河古喻今，创立中益废寝忙。
千日奔走市场事，万机和光科技郎。
环顾大洋风浪起，探微波粒华夏强。

侗寨

碧水寒石背，树影停岸边。
客稀鸟声浓，侗风润杜鹃。

神龙潭

潭潮微澜听仲春，闲饿戏泉伴客行。
躬自浅尝真静水，沐歌土寨沁芳心。

铜仁

月洒江畔识铜仁，山移画舫知汝心。
一核相依三绸带，登高遥指当如今。

遥拜

残垣三尺生海棠，晓月千里梦故乡。
坟头草旺和细雨，悠子仰天又见娘。
河畔柳条春日在，物似人非沙滩浪。
茱萸缺席无穷代，冰心有期莫空伤。

兄弟

闻道在先精益求,浦江两岸话春秋。
无影瓣膜颂梅氏,天使福音满神州。
有幸结缘拜军徽,三生厚德赛将侯。
燃灯高举前程锦,奋翅搏击山外楼。

桥

莲花桥头观苏杭,人间菩提驻道场。
三千青丝成白发,一念天堂铸芬芳。

游园

残荷静观半千秋,御史安养寿年游。
前朝风雨云未散,立顿山河胸臆起。
池水仰天今又去,日照新水不复流。
蜂飞花蕊春来早,夸父逐梦待从头。

愿

拄杖拾阶三千岁,临风吟诗九重天。
庄严钟楼施福慧,巍峨山峦皆自仙。
芸众嬉戏漫游步,朔风逆耳化世缘。
天时浩成当努力,地势吹暖宏图愿。

站位

不见秋月照寒窗，难得清闲洗心郎。
北面失衡宫漏雨，南方偏正赤无光。
拭目山河春依在，定睛秃石砥柱茫。
大智度难乾坤定，小民归位河海唱。

重阳

踏秋迎春两相望，天涯共月情绵长。
登高而招九五尊，观菊漫思亲爹娘。
平沙浅草恬静卧，湖心泛舟泪独怆。
走马东山闲在乐，小酌五斗影扶墙。

快递

红尘驿站丈天涯，娥眉桃花飞骑下。
虫洞卷叠千秋事，网络润泽万福家。
春风无冤伴路人，骑士怀情复朝霞。
寰宇微尘须动念，智者妙笔静心花。

许放①古体诗选

平台

平台百鸟来，汹涌浪花开。
回看弄潮者，皆为咏絮才。

主编

青山送鸟音，沧海水流深。
花树勤繁育，高台品雅琴。

群员

诗词大舞台，意涌聚风雷。
韵荡心扉畅，魂轻绕竹梅。

新年新气象

一

新春喜庆天，禁放过丰年。
朝野风光好，民生景色鲜。

---

①许放，字文成，号天涯放歌。出生于1963年6月。1984年7月毕业于周口水利学校。河南省商丘市睢县人，乡镇科级公务员。商丘市诗词协会会员，睢县诗词协会和《北湖诗社》会员。其诗词作品散见于《商丘日报》《北湖诗刊》《书香睢州》等。

二

长假八方游，胜景四处看。
离去情浓郁，归来意阑珊。

三

鞭炮声寂寞，焰火色休眠。
门上霓虹亮，屠苏又一年。

江山美

山峦千载秀，江海万年春。
浩宇星辰美，时光日月新。

腾飞

厂房林立矗郊东，留凤还需植壮桐。
集聚园区同蕴梦，腾飞睢县舞雄风。

麦田

田畴远望碧连天，大地飞来绿絮绵。
苗色青青歌旧梦，葱茏行行著新篇。

咏柿子

一

秋风舞笔丹青浓，朱粉落枝点点红。
甜香团做灯笼果，馈赠山川一片情。

二

红红灯笼虬枝悬，绵绵情谊蜜汁甜。
莫道凡果乡野物，曾供帝王御案前。

三

丹心何故枝上悬，只为秋风凋叶残。
祛悲攘灾灯笼挂，留下雀鸟慰红颜。

梨园香雪梦

一

踏青循迹到梨桥，屋宇朦胧白雪飘。
香发万枝春意闹，花开千顷竞妖娆。

二

梨花丛中彩裙飘，虬干枝头点蕊娇。
科技繁殖结硕果，农家辛苦享丰饶。

三

银花妆扮万枝娇，雪海飘摇百顷涛。
春暖吹熏香满地，风光无限在梨桥。

四

梨王百世展风骚，数载冰霜未曲腰。
繁茂不衰风骨韵，满枝怒放动重霄。

春辰偶得

风暖含香润淡稠，晨萦春意入心头。
繁华盛世多仙境，养眼怡情可忘忧。

新春即景

年来腊味香，节意扬四方。
厂矿空劳碌，舟船满往攘。
村中车行慢，城内物流忙。
岁尽新春至，人间乐一场。

人生感悟

一

时近严冬日已长，又来飞雪易风伤。
进门犹觉厅堂暖，离户方知旷野凉。
寒凝塞车行路难，烦忧萦意断愁肠。
时间情淡堪如水，名利途中看往攘。

二

枯颜昏眼有神通，望尽尘寰雾气蒙。
胜佛历坚成正果，大鹏展翅傲苍穹。
常思初月辉银白，难忘残阳铺彩虹。
溪水因知湖海阔，自不停歇畅流东。

悼念余光中

余翁驾鹤入黄泉，云覆星光息管弦。
香韵声声牵现世，忧思缕缕断尘缘。
钟山落雪头缠孝，台岛扬波泪目前。
痛悼诗魂望两岸，海天阻隔叹茫然。

无题

琼花纷坠贺新年,诗意随风荡雾烟。
墨竹宜生幽静地,红梅喜绽断崖前。
捻须方晓行吟苦,搔首才知韵难牵。
惆怅四看天色暗,言犹未尽不甘眠。

观冬泳有感

北风一夜宇天清,晨旭初辉水面冰。
岸上旅人身抖瑟,湖中泳者荡波行。
家燕最喜屋檐住,野隼偏要旋碧空。
世间生灵皆有志,松槐冬夏各不同。

新春抒怀

烟花频送贺年声,戊戌春来举国迎。
千户桌前饺子宴,万家案上烛光明。
长离易写团圆意,短聚难描分别情。
除旧布新奔盛世,张灯结彩庆今生。

揽春

健身骑行沐春晴,四望苗禾玉铺成。
柔柳飘丝扬绿韵,暖阳催瓣绽芳琼。
田畴纵横波涛翠,农户楼房宇瓦明。
高殿深藏崔护梦,桃花映面可传情?

春日感怀

春披四野百层装,阳暖千花万艳香。
时空含情流物华,尘心借爱著宏章。
风吹南岭生岚雾,春入中原孕日旸。
辽阔平畴抬眼望,城乡无处不辉煌。

观中央军委南海阅兵有感

南隅碧浪涌澄天,军演声威动大千。
航母畅游峰谷间,雄兵列阵舰舷边。
凌空鹰隼云中钻,搅海虬蛟露雄颜。
坚固海防磨长剑,斩除鬼蜮晏江川。

春曲

春来江水蓝,花开惊两岸。
粉面映花红,想看两不厌。

暖风轻拂柳,心海荡情帆。
轻吟蒹葭曲,欲寻青眼看。

同窗四年整,心满相思念。
浓艳春光里,激情心花绽。

风雨同甘苦,荣辱红尘间。
情深载日月,天地同欢颜。

情为连理枝,爱作并蒂莲。
生随君心老,死愿伴君眠。

栖魂

身疲心累意傍徨，不觉船到桃花乡。
茂林修竹景色新，黄发垂髫喜洋洋。

山青水秀花芬芳，陶令篱下采菊忙。
举目南山烟笼树，姜翁垂钓渭水旁。

屈原忽然踏歌来，轻音沉浮汨罗江。
杜甫茅屋正挥毫，长风送来竹简响。

远眺大漠孤烟直，近闻桃花千里香。
旌旗猎猎马嘶鸣，笙歌弦舞夜未央。

岳阳楼上有人唱，诗仙酌酒舞月光。
天子呼来不上船，司马垂泪湿衣裳。

庄周梦幻化蝴蝶，莽原草低现牛羊。
惊雷阵阵风云荡，湘江橘洲文激扬。

千古英雄逐登场，风流人物换新装。
探地巡天皆易事，红尘微世任徜徉。

携琴欲寻俞伯牙，忽逢伯乐到身旁。
烹豚置酒忙款待，鸡鸣栖魂梦一场。

许成霞①古体诗选

霜降

醉在斑斓景致中,醒来晨曲舞西风?
梧桐细雨古村远,秋色彩排霜降功?

癌症

细胞突变悲楚汉,分子嗜命袭人瘫。
空凄走肉信君逝,内毒愁排意志完。

秋叶

彩州仙境醉秋知,层叠驰笺笔染诗。
试问凡间色几许,且由穹翠叶之痴。

晒秋

古徽老瓦新农村,盛收敞场七彩景。
赤橙黄金青到云,瓜蔬菜果天光颖。
采区丘垄含微凉,晒席庄园遍地猛。
秋日万方晒鼎图,西分十里挂秋影。

---

①许成霞,女,生于 1963 年,祖籍安徽无为,就职于安徽省宁国市工商局,现住上海虹口,公务员退休。爱好诗词、文学和医学。从 2006 年开始,发表诗歌、小说、散文、游记等。

抗猪瘟蛮荒岗位女汉君——许榴君

瘟神残酷危宣城,鲜肉晶莹染病液。
荒旷除邪蚊作餐,一双灵眼验岗责。

最喜秋成事

阳城野景赏颜色,千里柳青万亩谷。
往日秋残落叶情,不须愁意上君腹。
逢人只说罗衫香,便是晴天云翠目。
高士日炊天即明,歌词布斗凤飞祝。
坐间多有雅文师,鸣笛弄骚浪空牧。
日见最喜秋事成,夜谈获悉谁金福。

扁豆花

簇簇丛丛绿藓生,瓣瓣紫紫蝴蝶盈。
秋风凉意斜月亮,闪烁庭椅故旧情。

仙台孝公祠

仙阁沐恩孝公祠,建楼祭奉许天先。
遥望烟紫红尘外,子嗣清明繁盛贤。

白露早晨

谷仓白露没几天,珍珠雾茶滋养田。
五彩祥云清气足,一年丰兆在村前。

芝麻沐浴

佛日缕金芝草杆,秋花高节一枝灿。
清香汁液涤灵姿,冬脂膏方补养玩。

迟到秋雨渡春潮

自古秋来写凄啸,迟到秋雨似春潮。
丝丝凉风退燥热,喜喜夜色闹倾宵。
小闲公园人如云,长幼无序劲舞摇。
大城市繁无寐夜,何来故里意逍遥。

玉兰盆景

老桩疙瘩茁新芽,徒长枝桠压缩丫。
打孔穿连分条密,春风收势一盆花。

写给老师的诗

三尺讲台授春秋,百年树人展鸿鹰。
岁月已尽霜染鬓,风华得辉青丝腾。

清明祭拜宗亲先祖文状元许仕昭

文士文君文赋范，大仁大义大家律。
立碑帖学昌宫坟，隔土千年风雅笔。

咏郁金花

直形蜡杆影娉婷，挺拔叶稀鼎色诱。
高雅做成斑礼图，名流为爱春情友。
性情不改初衷妆，风雅方知艳萍后。
展博绽花凭借魂，公园招客皆香久。

清明上坟祭双亲

大雨倾盆春倒寒，堵车心塞烛明难。
食鱼酒盏篮中满，爆竹纸钱箱体团。
千里迢迢前史迹，万般冠望二亲端。
清尘扫墓孩诚实，虔洁祭尊霞片丹。

南京新游吟

一

古都金陵十三钗，今看西城柳絮开。
玄武湖边花曲路，秦淮河畔古亭偎。

二

唐诗苦调今非昔，吾道诗歌昔有今？
淮水西城堪外滩，岸缇绿柳赛春林。

三

台辖卫庄无意柳,而今战友畅怀深。
战团枸杞群号集,三日话长仍旧沉。

陪战友参观"万人坑"

六朝古礼被人毁,万人坑埋日暴行。
枸杞战军威怒守,深情相拥铠装兄。

题送贞元县令范传真建化洽亭

宁谧公园时清尹,贞元传真化洽亭。
低头遥望城池面,仰首高空摘斗星。
当职范令融化洽,今观泰运亲邻馨。
法规碑记南开路,友善忠文轩宇青。

青蒿粑粑家乡味

田野滩头露未干,水泡细磨粉团丸。
满锅绿翠艾香糯,数碟青蒿乐野餐。

赞许浩资助家乡学子

炎帝后人崇德行,良才男子为思乡。
数巡拼搏心藏路,百业胸怀理想章。
乐事资财桃李学,言传身教震诸方。
定远民富子孙福,享得贤臣桑梓光。

龙兴芦荟情缘浓

座状茎英簇锦花,齿条龙舌貌芭琶。
尖头肉厚掌行面,素刺披针茎单芽。
窗下盆中姿色浅,春生盼有藏戎裟。
去邪美食添新味,谢过龙兴送异葩。

春荒

雷鸣声节势难平,细雨蒙蒙力渐倾。
春意绿淫催妇慌,想来菜地绝人耕。

年假三日游侠客

戊戌三日罢新年,奢物繁华瑞气盘。
南北骅骝逍乐处,云天紫气弄华坛。
凡夫蜀道众山小,野味甘滋日食餐。
府邸奇人三日幸,云龙山色几时安?

盛年新拜

刷屏手机喜拜年,沪都艳态乐尧天。
网城年饭少劳累,洗涤荡然今在筦。
市里内家成洞府,乡村觞咏展宾筵。
太空凡辈袁安卧,玉食咏诗过盛年。

答复辩论艺兴

辩策纷纷出，大猷谁可定？
刷屏因闪光，群辩现春兴。
三陈应长牟，三耳岂不醒!
贤门妙本真，文艺术多胜。

傲梅

数经霜凌逆风里，铁骨萧飕春娇思。
管你琼花三尺深，笑场傲雪绽縈枝。

无限银雪落羽杉

孤湖碧水冷潇宵，三日寒天沙轻飘。
无限银枝落杉箭，鹤群飞齐尽妖娆。

英灵永恒——纪念抗日将军许冠英

将吏一身谋国土，吴川抗日世精忠。
艰辛战捷保人庶，感慨赤心诚可公。
历经沙场千万众，云开载录十功雄。
英灵豪气振宗代，铭记国殇恩德红。

续雪

一

素雪飞过连片沌,天边砂镜地难分。
薄绒压柳纷残落,放释孤家寂寞君。

二

经夜冻冰雪屡响,凝庄庭院深几许?
红尘多少纷繁忧,归固淡怀以静予。

堆雪趣

碓投雕剪不知冷,百态动情迎店客。
千变满员慰风眸,唯然红日化冰画。

雪地菜园

腊雪青春在,银被御广寒。
占时愁见客,来日得长欢。

飞雪

城关一夜雪,砂砾窗前拍。
桥上闻西风,嘴勤落银白。

雪韵

开机圈内飘银白,幪秀景功成美篇。
素雪飞琼玉雕画,风流借势浪潮颠。

腊八稠粥福安康

腊八黏稠来岁旺,自营五谷粉登场。
调羹餐事炖佳味,家乐肚肥安久长。

盼

园圃娘收新绿菜,秋来粒满腹中开。
只因隔空难成现,千里驱车奔女来。

探

日日探群哥与妹,夜间直播问家宗。
不抬许氏攀权贵,愿盼贤亲出华龙。

赞源泉兄字画

四方皆固中间竖,东上聚贤凭槛扶。
一带协商通一路,万金丝绣续千都。
国看天下无强敌,家视故园方得俱。
而况梦来千岁策,万年师表地球图。

影视城走秀

人游他处自寻乐,我去清朝遇故知。
旗妇秀颜仙下访,经年老款各成诗。

中秋节游西塘

佳节携家去西塘，万人空巷涌名方。
数千扬嚷织如网，百万举袖霏雨妆。
攒动踵延肩与脚，钱塘潮水笑连浪。
月孤桥单古今同，枫陛客人何处凉？

战友宁阳欢聚

梅未开来寒尽淡，老公战友集宁欢。
慢游河畔落霞景，中去河滩瀑布弹。
一缕夕阳陪俊杰，五君接舆老更丹。
桥中暮日余晖映，狂吼歌辞盼再敦。

祝福李琼佳期春宵

同家同蒂兼亲室，佳日佳冬如送春。
姻爱三生缘凤定，春宵相敬竟如宾。

外白渡桥

外桥无渡江河水，明珠玉兰护两边。
海欧轮船争江面，客乡墨客戏虹前。
雄姿健足真铮骨，骏足妍姿赛客仙。
残影露人无觉苦，鼎图海岸向宫天。

贺淮南许岗许氏宗祠开祠庆典

许兄把盏举金樽,氏脉丹霞润屋新。

笑语化成情犹醉,唱歌犹醉迎堂春。

生祠勃旺宗亲至,德政邀仙来贺辰。

步道神农平实路,开枝散叶万年仁。

落羽杉——艳消断魂

一

霜打冬杉簇艳妆,天缘不朽半身凉。

一声叹息陪凄静,矗立湖塘水中央。

二

落羽梭梭树成锦,绣刀三尺尽皆春。

万几积得一红树,千客尽欢三季新。

三

万千红彩似霞光,火辣老林正盛阳。

河脉恋群腾秀气,一朝逝者也疯狂。

四

落叶大且黄,随风走远方。

茎根水里长,山野做红妆。

小雪

一

菊败伤怜待梅傲,叶衰冷地临萧条。
年年雪意近时起,岁岁全城换上潮。

二

阴雨连绵逢小雪,旧踪风冷助新寒。
腊肉咸菜餐盈味,琳馆香干绝一盘。

三

厚衣棉博雪初唱,野战枯荒僻不凉。
新旧老先今异昔,富联体壮更逍妆。

才子吟歌会

一

骚客风流才子兴,赶来青龙做诗贤。
平川落叶已三尺,此处绿茵青满天。

二

三军捷达儒书地,乐器歌台走在先。
应候君繁圣风宴,欢呼嘚嘚似登仙。

残荷

残蕊落泥枯叶萎,桥边竹影苦参萧。
毁容存藕为高洁,污水芙蓉向一朝。

鸡冠花

戴冠鼎争向碧天,高歌一曲断肠贤。
披红挂绿鸣晨景,何笑芳颜数万年?

仙境

鸡蹬高枝鸣世尘,清幽树义叠秋韵。
人间仙境何时寻?白果荫怀闲留问。

城乡有别

又入沪城花世界,向来乡间客清谦。
远看石笋皆为厦,怎比村夫石板檐?

洁柿缘

春花蝶恋迎蜂舞,青涩浓妆幼果羞。
深绿外衣来长夏,落红浓叶唱仙悠。
几经秋雨黄红色,火辣撩人醉沃畴。
一世朴华无复晓,雪咚浩白有红裘。

秋节奏

昨夜小楼秋雨起,柳条萧涩叶昏飞。
正当山色遥空晚,恰值秋花忽又稀。
今世华容如此好,昔时芭叶败颜归。
急跑江岸追鸿雁,梧树何时峨永巍?

峰

云海为田峭入巅,峰穿云陌在奇悬。
破悭乘月青天上?蜀道何难只作川。

繁星春水

繁星拱月唱天庭,一碧春波夜中青。
孤倩柔波痴与醉,万丝青缕唤谁醒?

千丝孤女

缈雾孤风纤寞影,寒枝半更欲为仙。
一丝银月千丝线,万缕思乡一水涟。

种菜诗韵

一、菜

春播种时夏日长,绿黄错落满园荣。
秋收忙得身腰累,冬酿支亲饱食羹。
须有做工还种菜,家无闲着想成亨。
有机绿色无公害,养性修心八戒兵。

二、声

东地青蛙呼我早,西田蚂蚁送潮神。
脚踵用力扎泥土,头发围成菜叶巾。
夜里手勤修蔓草,白天菜液血成津。
声声入耳催君醒,嘀嘀陶心本性嗔。

三、绿

绿菜两旁夹道迎，五茎斑彩叶陪衬。
尖椒辣子丝瓜条，疙瘩苦瓜黄野润。
叶子伸舒仰天呼，花妆阵密闹翻震。
红红柿子火花情，对对蝴花吻吮亲。

四、行

豇豆串连腰彩带，玉粱宝宝躺母襟。
豆瓜藤架翡帷帘，橙色南瓜喇叭吟。
锯齿雷芽多秀色，瓜绵棚绿毯凉阴，
绿波海甸夺光彩，枝蔓繁条挂绿金。

赞关公

赞咏提刀斩华雄，气赢乾马一朝功。
威倾三国著英悍，身在曹营众不同。

白露诗韵

一

白露秋霜阴气重，露珠湿体病来身。
美波单子迷人醉，病弱因霜变鬼神。

二

白露枣红枝上挂，一杆敲落草中藏。
叶枯心碎终成片，寻得果儿盈满仓。

中元节祭祖

一

默语焚香呼世祖,烛灯摇曳引归途。
阎王赦免阴门巷,瓜果坟头祭品枯。

二

野地砰砰寒竹响,青烟袅袅纸钱贪。
游魂鬼荡穷魔狠,期许胞人率戚探。

双溪池塘垂钓即景

持竿各长短,男女乐垂杆。
鱼腹争先食,鹭鸶偷袭餐。
寒风严冽意,盯漂似裁判。
日落缩身后,半僵残醉欢。

赠许正墨香千里

怀素在世走龙蛇,丹赤笔醋精墨姿。
千字小楷通佛性,三分笔力可滔旗。
三山五岳凛然气,门氏中堂厚实规。
字字严庄丝不苟,堂堂德行赠君迤。

冬至坟头

阴弱阳升温暖人,父母坟冢慰英魂。
援朝功绩德圆满,我等碑文咏万垣。
往日时光飞逝去,忆辞先爱国诚恩。
后生冬至做斋事,永世秉承前辈尊。

再赴杀猪宴

盛日年前备年货,杀猪宰豕腊肠做。
好交催喊醪糟浆,一遍一诚热闹侉。
东汉西家场面争,一家更比一家擦。
恒规不变杀猪汤,千古如今乡土和。

红红火火过大年

红巾围脖喜荣扬,红酒茅台鲍汁香。
火热宽安醉心暖,火鸡尾酒灌肥肠。
宗亲聚首多人喜,氏族宴盛宝龙堂。
过岁转寰终起点,题词诗写亲情长。

暗香傲寒

岁首冲寒流暗香,疏帘瘦骨霜天晓。
竹林傲雪有枯荣,唯我清华供养窈。

初雪江南爱恨吟

寒气冰绡昨夜雪,添棉加厚骨惊邪。
城中池水鱼深处,路少闲人只剩车。
漫略飞飞知我意,革风虫卵草胡荽。
数天过后艳阳日,又是春生缀汉家。

慈母吟

慈母扶篮摇爱悯,花儿一觉到清晨。
安窝睡兴无明笑,踢被惊心有望身。
昼夜轮回多遍奶,晨昏窝味尿骚亲。
秀娥无难渐长大,发萎优成树一人。

红梅斗素白

雪压一株梅露芳,缀红羞服素银妆。
浩棉荒白无精粹,香艳斗寒明目光。

游和平公园怀古效山谷体

和平园内闹喧嚣,友谊之光随处尧。
丛密耸云青朗霁,一风健笔典文嘹。
当年荒僻渔村小,下海庙钟无暮朝。
求佛烧香多凤账,默符夫力得安饶。
昔时喧草今浓茂,得势风华绝代骄。
欢聚歌弦姐串烧,人缘热语客如潮。

金秋十里桂花香

大厦千间裘草扮,推窗扑鼻醉香来。
深秋十里寻醇去,粒粒金黄撒径苔。

赞长城

先秦汉帝至元间,峻岭荒原瀚壁攀。
吏卒黎民百工力,奔腾起伏转旋山。
春开秋筑万条长,崖海庸荆十三关。
遥见太空增壮丽,华章巍峨绝奇斓。

秋游静安寺雕塑公园

石刻五牛尘绝久,黄花秋起旅人春。
天清明朗园林景,黑白无常照会宾。
东画西雕空寤主,世情练达复衔茵。
线条色彩没言语,从此惊叹数次鼛。

重阳观菊展

明珠伴母度重阳,公案菊开分外香。
赤橙红黄紫千彩,树鬟篮屏别裁装。
天工雕琢奇葩瑶,祥景浮雕兔鸭庄。
篱陌霸功尊寿客,摄追容范顾爹娘。
零丁瀼瀼叶枯毁,唯有菊花霜里锵。

立冬组诗

一

昨朝放醉贵妃绒，今有立冬翁比伴。
云锦朱云遂升日，汉民风势正秋丰。

二

魔都新客逢冬至，兄妹酒歌忘变更。
晨雨萧然北风起，想来耕菜拓荒缨。

三

昨夜雨濡寒寿客，露营烈焰放姿雄。
枯黄满地无心踩，唯有香花真国风。

赠许正书画字

笔提豪气冲天起，落下池香淡墨融。
苍劲画魂开卷尽，扶摇直上贯长虹。

纪念许广平先生

眷念终身默字怨，一生凋谢有痕温。
奈何时节便流逝，绿叶倾心只为根。

为许文华先生写生画题

山岳斑斓七彩峰，远崇险境淡青浓。
仙人隐士依山宿，独享遛弯狗脚踪。

秋枫叶

秋霜枫叶映红妆,火风嫁衣为什忙?
春去流荒寒冻起,赤身入土扮衷郎。

答宗亲许成安请柬

门院寒阴二十载,枝头金桂数十枚。
一茬香没闻不尽,二季抱仔又孕胎。
今日花主邀客去,远亲缘分且不才。
知音丹桂留不住,羞得黄金满地来。

桂花叹情缘

凉雨寒风三五日,高楼深处闻香来。
金银丹桂四季桂,枝满金黄今花开。
有意留它昨日梦,十里花香几人陪?
嫦娥宫中叹容去,吴刚嘴馋酒五杯。

赠许绪友宗弟

诚实惟良物,诚明大中性,
轮空月碾秋,胎好风流劲。

赠许龙兴宗亲

福地佳山水,乐和开夕园。
康宁子无愧,好许入阁晅。

宝龙集团许健康强

宝势三神秀,龙府佩环声。

集条分树玉,团聚且吾侪。

许国一生心,健逢鹰学习。

康强由学力,强吴智略全。

许永兴古体诗选

老骥二首(新韵)

其一

经年垄上苦耕犁,心系边关血染蹄。
老去雄心犹未减,仍思伯乐秉鞭骑。

其二

心存沙场踏熊罴,并驾羞与驽马齐。
死后留皮堪做鼓,军前助阵看杀敌。

题刘建国春风得意图(新韵)

春风得意赛龙驹,又抖鬃毛又奋蹄。
幸遇将军能拓土,槽头老死不如驴。

腊八纪事(新韵)

岁近年关到腊八,村头杨柳挂琼花。
儿童不晓前人事,喝碗香粥问为啥。

看月食(新韵)

万众举头齐望月,几人惜玉悯嫦娥。
经年寂寞常悲苦,天狗袭来泪更多。

咏风(新韵)

一生漂泊任西东,击浪扬尘暗碧空。
冬日进村千户冷,秋天过岭万枫彤。
温柔轻吻美人面,暴戾狂烧魏主兵。
喜怒缘何无定势?只因冷暖不公平。

冬日无诗(新韵)

冬日雪茫茫,才思已冻僵。
吟诗常断句,提笔总无章。
室外寒风冷,壶中美酒香。
辛酸潦倒事,不写又何妨?

冬闲有感(新韵)

入冬已少著诗文,大脑终于懒胜勤。
日看新闻听娓娓,夜陪老父睡沉沉。
无为身隐喧嚣巷,有道心安寂寞门。
凝望街头人碌碌,争名夺利不如贫。

心田(新韵)

天天戴月荷锄还,苦守心中那片田。
不慕他人播富贵,只求自我赏菊莲。
心常积善能开运,鬼不敲门好睡眠。
旧岁欠收新岁种,今生不信尽荒年。

参悟人生(新韵)

人生好似育禾田,细种精耕莫等闲。
播下德苗结硕果,铲除心草庆丰年。
胸无妙笔多喝墨,腹有良谋少弄权。
善待青山没冷饭,愁云散尽驻童颜。

午夜情怀(新韵)

午夜如牢透气难,胸中好似滚熔岩。
吟诗作赋堪言志,扯淡造谣能换钱。
美酒频频邀月饮,瑶琴苦苦向牛弹。
自知未有伯牙技,一曲高山弄断弦。

辞岁(新韵)

清晨早起写诗笺,不负年终一整天。
刮肚搜肠难凑句,唉声叹气未成篇。
心怀社稷忧黎首,脚踩红尘慕酒仙。
莫道老来无大用?黄忠决胜定军山。

文人四友(新韵)

琴

谱做灵魂木做身,乐师指下演秋春。
孔明城上弹一曲,司马营前退万军。
绿水长流怀古意,青山不改恋江心。
孤独莫道知音少,可懂瑶琴弦几根?

棋

布阵棋盘子是兵,楚河汉界起纷争。
出国作战卒先死,隔岸袭击炮后轰。
成败无需身两处,输赢总要酒一觥。
陈抟练就通天眼,豪赌华山万古名。

书

蔡伦纸上有乾坤,千古文人写到今。
运笔谋篇如布阵,飞龙舞凤似行军。
生前留墨修心性,死后成珍惹祸根。
传世好书多命案,亡魂作者泪纷纷。

画

摆渡艄公立岸边,薄薄纸上起波澜。
驻足苦等千年客,袖手闲观万里帆。
四季看山常有色,八方听水总无喧。
谁言画卷乏灵气,龙若点睛就上天。

咏云(新韵)

聚来能蔽日,散去总无痕。
闪电愁开眼,惊雷怒摄魂。
生前天做路,死后海当坟。
久旱禾枯萎,悯农泪满盆。

寒夜游园(新韵)

寒夜园灯冷,人稀曲径长。
星藏云缝里,石卧雪堆旁。
枯木风中瘦,情歌耳畔凉。
寻声抬望眼,美女舞姿狂。

木鱼(新韵)

晨钟暮鼓伴余生,老纳时时击不停。
同在佛门修正果,天天打我为何情?

字词句章组诗(新韵)

一、咏字

龙颜四目美名扬,记事绳结弃路旁。
上下五千华夏史,全凭文字记端详。

二、咏词

字似繁星各放光,结成词汇写篇章。
若无驴背推敲苦,贾岛诗才老庙堂。

三、咏句

好句学成舌若簧,苏秦敢说六国王。
只因苦练惊人语,吟罢心酸涕泪长。

四、咏章

古今多少好文章,能使匹夫启慧窗。
不负黄石桥上意,奇篇一卷可兴邦。

咏雪（新韵）

杨柳枯枝瑟瑟摇，北风呼啸似狼嚎。
琼花乱舞来何处？天上白鹅正退毛。

文房四宝（新韵）

咏笔

毛做头颅竹做身，骆公讨曌鬼惊魂。
杀敌虽仗千军力，起事仍需一纸文。
嬴政焚书经化火，子长著史罪留痕。
缘何投笔挥戎钺，万古征伐靠智臣。

咏墨

诗书满腹面鳌黑，砚底徘徊日日亏。
身陷池中嫌水浅，泪流纸上怕图非。
生花妙笔来无计，开眼神龙去不归。
足迹如能存史册，心甘情愿伴毛锥。

咏纸

素面身轻无痘疤，任凭笔墨乱涂鸦。
白袍敢写黄袍志，冬日能开夏日花。
莫道人心薄似纸，应知梦幻美如霞。
一朝有幸成名画，挂进当朝宰相家。

咏砚

砚台何必问出身,瓷瓦泥竹胜紫金。
墨海垂钩钓字骨,书山拓土种诗魂。
一汪黑水春江柳,半砍青石夏晚云。
为让遗篇惊后世,磨穿池底也舒心。

看山人(新韵)

冬闲期友至,早早备鸡豚。
蒿草连荒径,木屋靠野坟。
身寒酒半碗,棚漏火一盆。
鸟去天无迹,兽来雪有痕。
孤独思老伴,寂寞梦村民。
山外风亲树,常疑客叩门。

饮酒(新韵)

亲朋频劝酒,好意不能推。
白堕凭杯饮,干啤用碗吹。
佳肴吃两口,废话唠一堆。
踉跄寒风里,犹言夏日晖。

风花雪月(新韵)

风

大风扬土蔽天光,土蔽天光暗海江。
光暗海江涛裂岸,江涛裂岸大风扬。

花

百花香溢满亭芳,溢满亭芳醉晚凉。
芳醉晚凉魂吻月,凉魂吻月百花香。

雪

雪花扬岸树结霜,岸树结霜冷大江。
霜冷大江渔火暖,江渔火暖雪花扬。

月

月出江水荡波光,水荡波光映柳扬。
光映柳扬帆弃岸,扬帆弃岸月出江。

冬夜抒怀 (新韵)

一腔热血堪谁懂,无限豪情赋百篇。
树下纳凉思射日,街头擎伞敢遮天。
榻旁抱枕愁无绪,梦里挥戈战正酣。
可笑满腔英烈气,全凭秃笔扫河山。

诗情画意 (新韵)

诗

以诗鸣志壮鹏程,志壮鹏程起大风。
程起大风吹万里,风吹万里以诗鸣。

情

戏说情泪恨无凭,泪恨无凭醉梦亭。
凭醉梦亭花月夜,亭花月夜戏说情。

画

画中情景话人生，景话人生皆是空。
生皆是空心有梦，空心有梦画中情。

意

意通关梦幻云天，梦幻云天好盗丹。
天好盗丹霞染鬓，丹霞染鬓意通关。

回文诗十首（新韵）

苦修

苦修僧冷庙临风，冷庙临风大殿空。
风大殿空读古卷，空读古卷苦修僧。

听

静听风雨打浮萍，雨打浮萍泣无声。
萍泣无声微入耳，声微入耳静听风。

禅

世间禅道靠修缘，道靠修缘渡孽船。
缘渡孽船行彼岸，船行彼岸世间禅。

寿

寿如峰岁赛青松，岁赛青松立岭东。
松立岭东山做伴，东山做伴寿如峰。

航

远征帆启动航船，启动航船向岭南。
船向岭南出大海，南出大海远征帆。

孝

孝双亲要伺晨昏，要伺晨昏必用心。
昏必用心细问寝，心细问寝孝双亲。

忠

铸忠魂要早培根，要早培根立正身。
根立正身甘赴死，身甘赴死铸忠魂。

勇

舞吴钩去报国仇，去报国仇斩寇酋。
仇斩寇酋贼已死，酋贼已死舞吴钩。

悟

静虚清可悟穷通，可悟穷通蕴玄经。
通蕴玄经参大道，经参大道静虚清。

贪

世皆贪取巧刁钻，取巧刁钻为攒钱。
钻为攒钱图富贵，钱图富贵世皆贪。

人生四季风景（新韵）

少年

少小如同三月春，珍惜雨露早扎根。
习文练武修诚信，步入青年敢打拼。

青年

步入青年敢打拼，炎炎夏日莫歇荫。
捉鳖揽月图王业，壮岁迎来满地金。

壮年
壮岁迎来满地金，秋凉莫道客伤心。
果蔬五谷皆盈库，更喜冬闲近酒樽。

暮年
更喜冬闲近酒樽，拥孙伴子话诗文。
天伦不厌膝前闹，少小如同三月春。

四志诗(新韵)

修身
男儿立志必修身，诚信仁慈德为根。
世上真佛床上坐，齐家莫忘孝双亲。

齐家
齐家莫忘孝双亲，坚守门风教子孙。
富不骄淫贫不馁，清风两袖去朝君。

治国
清风两袖去朝君，位在庙堂心在民。
谋划苍生皆富裕，共同打造地球村。

平天下
共同打造地球村，相爱相亲胜四邻。
要想蓝图成伟业，男儿立志必修身。

题刘建国双马图(新韵)

咆哮奔腾红日边,蹄扬尘土尾生烟。
只因不愿槽头死,挣断缰绳上九天。

冬夜思(新韵)

黄叶归根地渐凉,凉风似客入厅堂。
堂前紫燕今何往,往日菊花几处黄。

冬望(新韵)

农田裸睡草枯干,满眼空空天地间。
惨淡愁云书雪卷,飘零恨叶写诗篇。
徐徐日落荒山外,袅袅烟升古道边。
我为物华空涕泪,老身去后有谁怜。

小雪诗四首(新韵)

其一

岁逢小雪雪花飞,逝去繁荣不可追。
万里江山秋已老,一壶浊酒待春晖。

其二

一壶浊酒待春晖,作画吟诗临魏碑。
只要心存三昧火,任凭肆虐北风吹。

其三

任凭肆虐北风吹,躲进高楼品蟹肥。
日日能食空运果,不需羡慕雁南归。

其四

不需羡慕雁南归,守住乡愁白玉堆。
四季轮回天造就,岁逢小雪雪花飞。

观八骏图(新韵)

奔腾咆哮马八匹,抖擞鬃毛各奋蹄。
踏破墨痕出画卷,嘶鸣大漠跑东西。

说梦(新韵)

庄梦悠悠未有涯,心头大愿乱如麻。
三清殿内供先祖,八卦炉中烤地瓜。
纵马火星播稻谷,泛舟银汉养鹅鸭。
肩担日月行经处,枯木开出朵朵花。

退休抒怀(新韵)

少年未恋酒诗茶,身退方明应干啥。
死后谁知谁是你,生前我笑我非他。
篱边醉倒能观月,园内哭湿可种花。
身寄名山寻古迹,闲情一片向天涯。

扶余建都(新韵)

扶余选址建皇宫,一夜农安史有名。
东望大河波淼淼,西接沃野草青青。
高楼座座听天语,驿路条条达帝京。
宫阙如今皆化土,空闻酒肆叹息声。

读史有感（新韵）

人生在世怕平庸，垓下悲歌亦鬼雄。
李广长弓堪射虎，荆轲短剑敢屠嬴。
若无昔日一腔血，哪有今天万古名。
老去自怜空立志，全凭诗酒壮豪情。

秋月（新韵）

瑶波似水意朦胧，独为何人守夜空。
郊外随行应有意，窗前探望总无声。
魂牵东逝千江浪，光照南归万里鸿。
望后清辉逐日瘦，蟾宫仙子也多情。

重阳秋思（新韵）

凭窗观远地，不见草青青。
雁去天无路，风来树有声。
梦回蝶化我，酒醉事沉觥。
魂伴秋菊老，心随落叶空。
男儿千古志，壮士万年名。
一夜寒霜至，唯余枫尚红。

秋园守望（新韵）

寒蛩爱唱已无声，善舞蝴蝶遁梦中。
敢问石雕何所待？深秋独守满园空。

步何鹤丁酉近重阳有记原韵

孤独阅古今,无处觅知音。

志老浮云散,途穷午夜深。

初温庄子梦,渐冷霸王心。

回首人生路,羽乡何处寻。

为抗癌英雄题照(新韵)

一生九死事成昨,休忆当年战病魔。

苦难回头应大笑,未曾剃度已修佛。

观残荷有感(新韵)

小桥东侧画亭旁,败叶残荷卧满溏。

清冷岸边无看客,繁荣过后必凄凉。

许流华[①]古体诗选

宜兴紫砂壶

一壶岁月装满诗，煮尽时光化竹枝。
闲读嫩芽人渐老，空吟绿叶梦成痴。
名家紫砂留香韵，安碧清高筑茶池。
坐等仙翁传艺德，饮盅暖意已夏时。

新春生日感悟

遗留春梦堕香绒，谷雨时光万壑东。
新春生日千盅醉，铁匠生涯一杯空。
半百意气妆全变，浊眼清闲影半胧。
不忘初心盘道阅，情随飞雁卧云中。

苏州梅花

春风舒卷傲娉婷，人逐香魂纳远馨。
红蕊逍遥凝劲骨，琼枝飘逸跃精灵。
丹心盈袖仙姿舞，碧玉霓裳吟韵聆。
倩影苏州千里寄，缤纷梦醉伫长亭。

---

①许流华，"华人文艺联盟"文学顾问。广州白云区人，祖籍江西南康，1994 年毕业于武汉纺织大学，1994—1996 年在广州广纺集团绢麻厂工作，1997 年初下海创立广州市金极电子自动波箱有限公司。业余创作诗词多首。

浪漫消亡

幽闺春梦海棠红,飒爽珠帘怡荡风。
沉醉嫆娥休玉簟,悠闲红尘戏中笼。
无敌淑景温柔乡,不尽韶华缱绻中。
才子佳人消冶去,轻裘踏马逝芳丛。

乡村老魏

林口寒窗雪尚飘,夫妻闲处堪寂寥。
闻琴律理馨风起,煮茗壶茶炭火烧。
百亩田园躬耒耜,满帘山水抚情懆。
长风携酒乍来访,老魏骑驴石板桥。

大叶兰

大红胭脂抹淡然,娉婷脱俗醉瑶仙。
纤尘不染彩虹色,絮丹衬绿高雅妍。
骨朵飘香杨柳渡,芳姿流韵兰花天。
卿云暗许心中爱,独恋高枝拨月弦。

冰糖心感怀

无言信步红旗坡,望断岭南意未休。
苹果飘香山月静,举盏酌酒水云愁。
空怀壮志随风逝,欲借新诗作楚囚。
爱心传承恒久远,冰糖一片映神州。

许日辉古体诗选

缅怀金庸大师有感偶得

一

孩童最喜是金翁，独霸武林一世功。
白马江湖追越女，华山剑指论英雄。

二

一支妙笔写峥嵘，道尽江湖儿女情。
险走偏锋刀剑论，弯弓跃马射雕声。

三

初心也许向英雄，铁血豪情射大弓。
剑客丹心依旧在，如今最忆是金庸。

四

名篇巨作一时红，笔闯文坛侠骨风。
西去宗师谁续写？江湖笑傲剑偏锋。

五

屠龙宝剑倚天横，儿女江湖独霸行。
四海文坛同悼念，柔肠侠骨写一生。

六

铁血丹心剑影飘，江湖险恶雨风萧。
文坛泰斗恩仇录，一代宗师入碧霄。

七

屠龙倚剑走天涯,驰骋纵横万里霞。
笑傲江湖仁义尽,神雕侠侣奏葫笳。

八

惯写英雄剑胆心,柔肠笔墨诉情深。
今朝驾鹤西游去,留得名篇后世吟。

九

笔底波澜义气浓,江湖剑指贼心胸。
驱邪镇恶书描写,阅尽人间世事中。

十

平生侠骨啸天风,惯看江湖剑客雄。
此走天堂谁再写?小诗一首悼查公。

丁酉秋分时节抒感

一

西山日落带斜晖,掩映陶篱菊影稀。
远望农家烟袅袅,秋分大雁又回归。

二

叶落丹枫又一秋,殷红满岭怎堪收。
人情恰似山溪水,冷暖无声暗自流。

三

蝴蝶何知杜宇音,夜阑灯酒伴秋心。
观花不见芙蓉月,剪烛西窗情意深。

四

寄菊东篱锁孟秋,黄花有意惹乡愁。

枫红叶落西山晚,雁字回时过小楼。

五

月近中秋玉露凉,归来雁影已添霜。

何时再饮桂花酒?醉卧东离伴菊香。

六

月色西斜缀夜空,星光点闪耀苍穹。

谁怜鹭影横塘度?金秋把盏醉仙翁。

七

斜阳渐落抹轻舟,一缕红霞掩孟秋。

大雁横天排阵去,菊花初放竞风流。

八

踏路天涯万缕秋,陶篱把酒寄乡愁。

回时雁字斜阳落,遍地清晖月似钩。

九

问花问柳问秋霞,夜色朦胧月影遮。

剪烛西窗谁有意?伴君一曲到天涯。

十

难收月色笼秋池,瘦柳寒塘鹤影移。

驿动西风催叶落,常因酒醉惹相思。

十一

秋风秋雨涨秋池,送来红叶喜题诗。
翻开昨日唐风韵,读懂其中半阕词。

十二

昨宵风雨任秋霞,一缕乡思寄到家。
庭外几重篱菊秀,几多惆怅品香茶?

丁酉国庆抒怀

一

十一欢歌喜气浓,天南地北国旗红。
神州上下民安乐,共度双佳节庆逢。

二

普天同庆笑开颜,贺福中华载宇寰。
举国喜迎双节到,金秋月色满人间。

三

中秋庆诞万民欢,礼炮声声震月坛。
六八征程风雨寄,如今国富守平安。

四

烟花礼炮满含情,华诞中秋祝福声。
尽说新朝强国梦,欢歌一曲送京城。

五

喜逢双节福临门,碧野飞歌又一村。
十月金花秋月色,中华民族小康奔。

六

金秋万里紫云长,举国旗红喜气洋。
十月欣逢双节庆,千家歌乐酒飘香。

七

忆记当年礼炮声,巨人催响迈豪情。
如今实现神州梦,独领风骚又启程。

八

十月金秋送吉祥,灯笼挂起国旗扬。
邀杯酒祝吟双节,鼓角征帆又启航。

九

百业兴隆盛世昌,又逢双节喜洋洋。
缅怀先烈千秋寄,看我中华国富强。

十

琼楼玉宇漫金风,礼炮烟花月下逢。
国诞中秋连一起,飘扬旗帜耀灯笼。

十一

丰碑不朽耀光辉,风雨兼程万众归。
国庆中秋迎盛会,山河万里尽朝晖。

十二

金风十月桂花香,盛世民安呈吉祥。
双节欣逢迎党会,普天同乐庆国强。

丁酉中秋节之夜寄怀

一

中秋已到万家欢,游子未归心儿酸。
今夜月明人尽望,乡思化作寄平安。

二

金秋节日挂灯笼,物埠人和大地丰。
百鸟齐鸣歌盛世,举杯邀月醉蟾宫。

三

中秋月满最乡思,咫尺天涯共此时。
问我回家情不解,一言难尽有谁知。

四

清风漫剪桂芬芳,月满中秋照故乡。
多少悲欢离合事,婵娟千里诉衷肠。

五

大雁南飞遇故知,归家游子返乡迟。
中秋共度团圆日,月上天涯共乐时。

六

万家烟火贺团圆,月挂悬空不夜天。
我煮相思她酿酒,中秋情满醉婵娟。

七

拂袖嫦娥伴七仙,飘香桂酒寄婵娟。
何当共赏天涯月,节至中秋夜不眠。

八

三秋桂子满城芳,暮色东篱菊已黄。
且把乡心明月寄,情牵故里扯家常。

九

月明千里寄婵娟,遥望冰轮七女仙。
把酒烹茶成对影,嫦娥与我共秋缘。

十

月照天涯寄客身,中秋佳节倍思亲。
谁人饮寄家乡酒?寂寞杯杯醉我唇。

十一

中秋双节话团圆,缕缕乡思兑酒眠。
万户花灯邀皓月,千家果饼寄婵娟。

十二

金风玉露慰中秋,碧海青天月色幽。
广宇寒宫天女乐,人间处处桂留香。

"九一八"感怀

警钟长响笛声扬,国恨家仇永不忘。
九月十八抗倭寇,终归有日斩豺狼。

感怀

韶华易逝寄秋风,花落花开岁不同。
欲问缘来情几许,半山烟雨半山枫。

秋思

西风吹落菊花黄,人在天涯念故乡。
万缕秋思无处寄,天边雁影点斜阳。

秋雨

梧桐无奈恋清秋,柳弱枯荷落叶幽。
天若有情天有泪,静听窗外雨声稠。

寄秋

一

雁荡云岚满眼收,天涯驿旅寄乡愁。
残荷最怕西风雨,菊掩东篱又一秋。

二

枯荷落叶雁留声,一缕乡愁伴月明。
谁言不尽心中事?借此秋风寄我情。

秋之韵

一、秋雨

萧萧秋雨落纷纷,户外寒鸦啼断云。
可惜西风吹瘦柳,遥闻远处桂芳芬。

二、秋风

秋风一夜落缤纷,汴菊吹开雁字云。
共赏龙亭花灿烂,两湖烟柳半堤分。

三、秋月

清晖万古月华莹,玉兔金蟾桂影清。
洒落人间谁与赏,一轮天镜照秋明。

四、秋声

雁荡横空阵阵鸣,云烟水墨赋秋声。
西风吹荡湖边柳,且寄东篱秀菊情。

五、秋水

轻舟泛荡浪花前,秋水东流寄楚天。
十里烟堤凄草地,寒风吹落柳塘边。

六、秋夜

醉罢凭栏冷月明,寒霜冷夜乱鸦声。
窗前瘦柳秋依旧,舍外篱笆菊落英。

七、秋收

山村处处桂花香,垄上田间割稻忙。
九月天高秋气爽,炊烟袅袅绕农庄。

八、秋枫

痴情片片报深秋,坦荡无边灿烂稠。
一颗虔诚心热烈,赤迎天地笑风流。

九、秋叶

秋风瑟瑟叶枯残,坠落飘零感世寒。
待到明年春暖日,枝头呼唤梦回丹。

十、秋怀

昨宵寒露润枝头，玉桂丹枫锁晚秋。
唯有芙蓉争俏色，谁怀寄菊汴梁州？

十一、秋歌

闲吟寄赋唱秋歌，任尔西风又奈何？
寒月星光残菊影，清霜冷艳掩枯荷。

十二、秋思

冬临渐冷又一春，向晚天涯月色新。
万种秋思陶令写，孤樽欲醉笑清贫。

丁酉初冬忆怀杂咏

一、忆秦淮

钟情月色照秦淮，柳岸烟花笼满街。
昔日繁华依旧梦，如今沦落到天涯。

二、咏海棠

绿肥红瘦未留香，四季如春咏海棠。
一度相思重把盏，临风醉笑诉衷肠。

三、夫子庙

银波倒映月琼楼，两岸秦淮几度秋。
谢巷斜阳成旧事，六朝胭粉水东流。

四、黄鹤楼

茫茫九派各东西，黄鹤楼前崔灏题。
千古兴亡多少事，曾经两岸锁悲凄。

五、沈园绝唱
邂逅相逢梦断魂,词题壁上诉无言。
钗头绝唱千秋泪,桥下伤心照影痕。

六、母校重游
翠掩房前夕影斜,相思树下凤凰花。
沧桑卷尽青春梦,唯有无言感岁华。

七、广场舞
霓虹灯影溅流花,步履轻盈半扇遮。
舞出青春丰媚韵,金歌劲曲展芳华。

八、夏蝉
独泊梢枝唱不休,重弹老调尽歌喉。
明知荔熟先吹号,恰似南郭作应酬。

九、儋州东坡书院
一水天涯锁落霞,亭前载酒半壶茶。
杜鹃魂绕东坡院,赏看篱边狗子花。

十、感悟
浪迹江湖数十年,征程策马再加鞭。
孤身海角辉煌铸,勇闯天涯永向前。

十一、村寨行
乡村碧水送秋波,鸭子成群过小河。
忽见门前来好客,柴扉鸡犬引高歌。

十二、感慨

陈词滥调唱如何?半世浮华半世波。
淡酒清茶空杯叹,秋风冷雨寄蹉跎。

丁酉西安之行遣怀

一、登大雁塔

古塔登高放目观,千秋紫气绕长安。
骊山夕照烟霞笼,灞柳秋风渭水寒。

二、游小雁塔

福寺门前送吉祥,千年雁塔笑沧桑。
雕梁画栋留诗句,更喜添增古韵香。

三、游华清池

长恨歌来帝子声,骊山汤水入华清。
杨妃出浴君王笑,盛世唐都凄美情。

四、游兵谏亭

乱世硝烟漫九州,英豪赤胆暗筹谋。
西安壮举惊国共,两党达成青史留。

五、游曲江公园

曲江池水柳桥边,万木葱茏掩映天。
芦苇残荷花落处,芙蓉别怅绿生烟。

六、游曲江寒窑

寒窑厮守盼君回,十八年来风雨摧。
留得相思成寂寞,林花谢了待春开。

七、游回民大街

回民大街美名扬,老店千年味品尝。
巷道虽深人鼎沸,风情小食尽飘香。

八、游古城墙

登临漫步古城墙,故事千秋忆大唐。
惜日繁华何处去?斑驳积绽寄沧桑。

九、观音乐喷泉

西安雁塔喷泉边,乐响声频伴醉眠。
霓影灯花呈五彩,流光水柱直冲天。

十、瞻仰延安王家坪

中央枢纽指挥令,自有胸中百万兵。
率领全民抗日寇,运筹帷幄战征程。

十一、瞻仰延安枣园

瞻仰伟灵雕塑前,参观窑洞话当年。
枣园史册丰碑写,七大筹开谱巨篇。

十二、游延安感怀

战火纷飞已逝烟,巍巍宝塔忆当年。
延河滚滚东流水,唯有精神代代传。

和许碧霞为友题图《琴音》

折柳幽扬飞古韵,五弦桥下扁舟吟。
芦花慢拂苍桑泪,暗使游魂旧梦寻。

许太平古体诗选

春季

立春
季节催春暗自来，温柔丽日浴尘埃。
虽然冻雪难消去，柳绽新芽照样开。

雨水
细雨蒙蒙泻意浓，园中嫩草著葱茏。
山丘旧竹低头觅，浅地新苗往上翀。

惊蛰
阳春季月草抽荪，异族冬眠尽返魂。
启蛰逢寒民喜悦，全年预祝岁丰蕃。

春分
春分拂晓叫鸡啼，阳气初升朝日缇。
紫燕呢喃梁上筑，平分昼夜把诗题。

清明
断续烟花啸耳根，假期元节奠椿萱。
千秋夙愿今留祀，儿女虔诚挂皂幡。

谷雨
半亩方塘蛙乱鸣，风中翠柳拨琴筝。
萧何不问农家历，岁月匆匆怎备耕。

悼屈原 (新韵)

赏遍《离骚》览《九歌》,波澜陡起裂江河。
怀王怎晓千年后,汨水欢娱楚韵多。

十九大赞歌 (新韵)

初心莫忘续征程,换届增添虎贲名。
协力同圆华夏梦,和谐构建庆昇平。

三九渡口 (新韵)

数九寒冬水怠流,凌冰满布让人愁。
江边渡口零星客,摆主迟迟懒动舟。

悯农 (新韵)

夏暑移栽汗润苗,勤工早晚动锄锹。
寒冬满地农家菜,瑟瑟临风景气凋。

大杂烩

狗肉火锅汤,葱花大蒜姜。
粉丝才入口,佳酿起瓶香。
电助波涛阔,情怡日月长。
飘飘延四座,馋得佛跳墙。

纪念抗日将军许冠英诞生 120 周年

昏沉岁月盼春光，励志男儿卫我疆。
十大功劳承国祭，六轮战役抚民伤。
驱除日寇山河秀，造福人间作栋梁。
卓著名垂青史册，一生荣耀照扶桑。

腊月年前大扫除

堂前洒扫去灰尘，倾刻层楼颜焕新。
造化蛛丝俱赏赐，痴顽污渍失精神。
悠悠岁月朝朝好，郁郁山河处处春。
此日庭除皆效力，和谐致富聚财困。

许家老母亲

一

耄耋老慈亲，银屏闪烁春。
语言宣万里，文笔话三旬。
巾帼诗人志，须眉骚客宾。
儿孙宜奋起，筑梦在今晨。

二

九四寿筵开，儿孙祝酒杯。
板桥歼日寇，茅舍起贤才。
爱国豪情注，投军壮志哉。
初心终不改，富贵自然来。

狗年咏狗（新韵）

旺犬迎春敢吠天，摇头乞尾伴神仙。
呈祥献瑞平安兽，护院宜家结善缘。

惊蛰

阳春季月草抽荪，异族冬眠欲返魂。
宿雨飘零迷客路，浮云离乱锁家园。
时光有限何人约，世态无情独自樽。
启蛰逢寒民喜悦，全年预报岁丰蕃。

雨后清晨

沐浴青山翠，桃邀李授衔。
微风频拂柳，紫燕话呢喃。

桃花源赞

夹岸桃花百步遥，青青芳草杂枝寥。
缤纷源尽幽山口，屋宇良田鸡犬邀。

泛舟客

青山依水流，镶嵌入扁舟。
独处船头客，放歌情谊遒。

春耕

凄风骤雨演春秋，广阔田原变绿洲。
布谷掀翻沉醉地，开耕怎弃小荒陬。

贺罗江、三江两镇荣获"省诗词之乡"称号

一

罗江省誉挂厅堂,唱诵犹存翰墨香。
屈子文风延后世,芙蓉国里咏新章。

二

三江秀色绽奇葩,李白桃红万众赊。
又喜蟾宫今摘桂,讴歌再唱碧天霞。

清明

清明祭祖礼仪全,爆竹声声彻墓前。
一炷馨香寒瑟瑟,三朝风雨意绵绵。
沧桑对影先人寂,岁月窥斑后裔贤。
今树皂旗弘大孝,宗功佑启著蝉联。

春笋赞

蛮荒沉睡力无穷,蓄势冬春节节翀。
破土一朝伸展翅,丢袍着绿抖英雄。

谷雨游古寺

三春谷雨天,瑞气绕檐前。
昨夜星光灿,今晨日影眠。
出门朝古佛,入室谒高禅。
自幼修真客,胸怀袖里乾。

许文均古体诗选

初霜

久别重阳更凛秋,初看霜白凝珠稠。
风寒素影花晶结,日照轻烟雾尽收。

信步游

顺路巡看望闹景,迟留迷听曲延声。
悠悠甜美清歌响,款款翩姿舞步轻。

追忆

鸟飞云树蔓延枝,争艳春妍水涨池。
追忆别君凄雨暗,谁怜相隔苦霜知。

夜半弄文

无端客意最无知,不寐吟诗自有时。
愿助扶均风雨韵,颇惭夜半弄文迟。

中秋赏月

皓月当空十五圆,清香随季显流年。
秋风习习桂花树,歌舞升平不夜天。

洞庭湖游观

垂柳无穷天水长,微波秋色季风凉。
轩台楼阁湖添景,闸蟹闻名天下扬!

望柳

惊望古柳轻,岁序入苏城。
不见春来意,心怀旧日情。

故居

松柏相依云雾天,陌径交织绿茶连。
朝南坐北塘为景,罩却红妆唱采莲!

赠陶老师

玉佛金身贵为泥,恭还其意达天西。
蓬莱蜃海展奇异,纵马君飞腾四蹄!

鸟啼鱼惊

鹭鸟鸣啼饥已愁,虾鱼惊串闹魂休。
江南不老秋来景,垂柳青青探陌头。

景别西湖

日落西湖景别前,翼轻点水细漪涟。
柳垂倒影舟船渡,莺燕歌啼刻纵还!

雪飘如花

仰目砚倾灰染天,旋浮四处落身前。
冽风吹送非飘雨,疑是梨花左右翩。

童戏雪景

玉顶银峰隔飞鸟,寒风铺白陌人少。
投球掷雪嘻声咆,似梦娘惊喧闹晓。

居闲简出

晨曦沐日暂来休,灶地无炊君犯愁。
厨膳冰盘淡身度,面包剩菜伴书酬。

嫁秀

贫门苦困念新裳,欲托良媒嫁势郎。
朱粉霞腮柳眉笑,樱桃小口雅歌香。
巧心绣蝶翩跹舞,挥袖杜鹃身遍黄。
终得姻缘仕途配,喜联吉日拜花堂。

昔游洞庭

轩宇倒悬涛暗流,柳条湖石不悲秋。
枝垂招展迎风摆,绿野堤坡青叶幽。
莺燕啼飞混音乱,偶停时起白沙鸥。
浑然有序天生色,洞庭楼亭一目收。

景呈时节

三山五岳已皑皑,入季冰寒飘雪徊。
举目四望萧瑟景,云轩依旧筑居台。

失颜故里

炊烟入故容憔悴，暮耍孩童问是谁。
面垢难堪还稚齿，褴缕陋带向风垂。

霜枝凄啼

凄啼残损羽绒少，笨缓呆移霜冻条。
昔日风驰今不在，声声哀叫噪音遥。

难梦寻

皓月朦胧物尽贫，邻江帘透旷无津。
孤灯归榻入乡里，几度多寻不故人。

喜春

转眼逾寒日渐晴，纵横茵野牧谣声。
春妍逐绿江南地，雁字欢歌归北行。

花撒满池

映影孤桐身瘦远，枯荷摇拽荡漪涟。
焦黄屈势飙风缀，阵送芦花各异天。

乡茶

怅望杯茶怀旧频，柔条不及昔年新。
游人惯晓故乡雨，客地茫然味犹贫。

情浓兆年

流时岁末腊醅浓,宰活剃羊门贴红。
市宇轩楣添喜色,街头轴画贺年丰。

祝新年

晨阳高照柳茵烟,贺岁枝头对绿妍。
昔日旧章今逸去,门楣庆语入新年。
三山四海重兹地,五岳连江展喜篇。
亿万民心皆协力,神州锦绣梦鸿圆!

瑞兆丰年

天公怜爱感坤灵,万亩耕田展画屏。
藉慰叟童欢笑语,千门麦垄入遥青。

雁队人形

雁影连群音片流,莺歌燕舞岂逢秋。
萧风何道瑟之意?瘦瘠疏帘使客愁。

狂雪

一夜飘飞皑雪白,推门迎面玉山来。
旋浮重叠不知倦,漫洒连云没钓台。

归乡

身躯晃动面多容,遍地随包叠几重。
嘘长叹咨嘈杂耳,归期返路寄怀笼。
游人涌至满堂挤,仅此回乡肩接踵。
客主异情迁转急,团圆故里兴冲冲。

春萌

冰寒极至已萌春,逝去秋声入土尘。
万物盈欣新绿展,颓枝草木漫妍茵。

沐芙蓉

昨夜微音附媚风,丹霞冉冉映荷红。
芳华满目叶重碧,沐浴芙蓉昔不同。

愁思梦惊

道柳初新至古城,他乡游子借浮生。
思愁难寐情之夜,梦断凄凉泪伴惊。

花开花落

雪压寒梅绝,温阳重照来。
同君何处去,二月又花开!

秋雨

断雁飘风夜入城,清灯忽暗混秋声。
疏窗撞壁撕帘响,慌问曾翁雨面迎。

景随节至

春夏秋冬节不同,莺歌雁往季随风。
茫茫白雪飘萦撒,漫漫银花接上穹。

覆凝

久聚飞花作白墙,多存玉柱拟银堂。
寒阳尽释复流去,次第凝收面阔光。

纪念抗日将军许冠英

怡年回顾寇奸鳌,欲覆乾坤李代桃。
秣马厉兵仇敌戮,连营遍野血红刀。
将军恤众功名世,永作千秋歌颂袍。
社稷欣然鸿福道,弘扬英烈国风高!

梦荷

灯昏犹思忆无穷,梦荷涟漪伴影红。
乍见秋波嘻闹水,呓听帘布似霜风。

惜别

岁末知年气象新,游生踪接却风尘。
江南久客伤怀去,怅别痴心见故人。

征程

眸恭慈爱欲南行,重约贫交辞笑声。
昔岁孤云飘附彩,春风皓月眷苏城。

迷茫

茫茫人海意无中，梦断怜身飘影红。
暮暮痴迷宿虚处，朝朝期念已随风。

归程

左右云山耸多重，萦纡一遍远连峰。
驰程物换穿非尽，悦目茵茵千万松。

妍花

晨风拂面未沾尘，过眼苞枝初吐新。
美景伴君香是处，多愁莫忘蕾开旬。

夜送幽香

昨夜星光窗透床，怡风萦薄送幽香。
春来倍觉佳辰好！美景留连去梦伤？

花映水染

芳草临江妍石堤，李花映水染眸低。
数株桃树春来秀，一对黄鹂欢舞迷。

清明忆父

清节祭尊思昔往，载悲仙父念情肠。
世缘曾忆心酸泪，慈辈坟前潸怅茫。

愧怀墓前

人生忠孝愧双全,境系清明祭墓前。
远在天涯悲故处,恩怀昔事寄情缘!

花开祖仁

清明泣雨附悲风,次第阴台花落红。
古往裔孙轮转度,今来祭祖谢苍穹。

感伤多泪

满腔伤感春光和,风起襟衫似蝶波。
逆境悲君须自省,红尘生计泪何多!

梦痴乡音

游子归家腊梅落,此时碧水映苏郭。
谁人梦里知乡音,唯有吾生难步却。

醉酒朦胧

岁晚杜康随我饮,朦胧山雨任听风。
谁人不遣世间美,何处欢言诉寸衷!

闲游晚景

花稀蜂遁断香飘,树合莺啼陌道遥。
晚景闲游芦笛至,风吹云际散霞绡。

欢聚"五一"

穷移福地住苏城,客慕江南寄远生。
五一佳期欢聚日,亲朋畅抒别离情。

庸才悔恨

庸才俗德过清贫,回顾人生味苦津。
碌碌志微多悔恨,仍甘涉世步艰辛。

月忙有休

一月繁忙四日休,清池倒景出溪流。
荷莲绿叶随风起,瓣落花飘自解愁。

花凋入夏

花凋零落沐清泉,季夏更期时已迁。
一片碧山连远树,千株苍莽涧生烟。

夏景

夏季昆虫迹忽低,梧桐蝉肆骤声啼。
青青绿野四邻茂,紫燕忙飞意着迷。
远碧池塘叶连盖,初生壮举出新泥。
斜阳蒙影吞川逝,近水涟漪过石溪。

吟诗世贫

才子吟诗诗咏人,勿踪前史步虚尘。
愿恭天意择良道,吾许凄然慕世贫!

世俗鹏滞

呱坠红尘入世啼，俗端偶念诓童迷。
趋成欲展鹏程滞，涉渡暮年人视低。

赠书法家许源泉

入缀贤人许府奇，源泉娴熟持丹笔。
行云流水墨浮生，速疾成章谐俊逸！

赞许家墨客

世代贤人许府殊，流长源远留丹珠。
家风世递祖光照，翰墨淋漓多大儒。

许传军与爱人邱凤琴古体诗选

夫妻接龙七绝一组

思

妻:久闭妆台落满尘,恹恹无语少精神。
　　相思梦里相思苦,别恨幽幽谁可陈。

念

夫:别恨幽幽谁可陈,闺深镜锁冷眉唇。
　　余生总惧伤心再,何日双圆梦里人。

愁

妻:何日双圆梦里人,檀郎莫笑我情真。
　　曾经幻景堪能醒,且与更初思到晨。

劝

夫:且与更初思到晨,前尘往事最伤神。
　　莫如挥泪荷塘里,化作清泥润藕新。

舒

妻:化作清泥润藕新,风搓柳辫启芳茵。
　　花柔水秀蝶翩舞,妙笔丹青拟个春。

畅

夫:妙笔丹青拟个春,清波碧野沁香津。
　　一捐秀色牵闺意,移步轩亭遇暖人。

诉

妻：移步轩亭遇暖人，几多往事缓来陈。
　　幽居非是奴情愿，怕此相逢又故循。

慰

夫：怕此相逢又故循，醉花令已贯三秦。
　　衷情互诉衷肠暖，陪伴今生护晚晨。

暖

妻：陪伴今生护晚晨，冰心渐暖莫相嗔。
　　琼楼对镜欣然画，勾就蛾眉粉黛匀。

圆

夫：勾就蛾眉粉黛匀，娇颜羞对月明甄。
　　深情守得梦圆日，烛影摇红萦缔姻。

夫妻唱春接龙七绝九组

一、探春

妻：盈香紫气近轩楼，燕语莺声缓客愁。
　　新柳长堤盘玉带，春风一夜过江州。

盼春

夫：北国残寒袭秀楼，丹青未结使人愁。
　　东君不懂怜香玉，画卷何时及汴州。

二、迎春

妻：何时暖意蓦然归，水榭花亭拥翠微。
　　隔岸闲云呈翰墨，一帘春色纳书帏。

织春

夫：一帘春色纳书帏，遥看亭园采日辉。
　　万缕青绦环紫燕，南来巧织赛星妃。

三、醉春

妻：花开四野吐清香，新柳裁成十里妆。
　　小榭兰亭盈碧水，清风运笔醉中扬。

画春

夫：清风运笔醉中扬，墨雨纷飞赤点芳。
　　万紫千红呈玉案，丹青一卷共春光。

四、慕春

妻：引路东风拂过枝，新黄簇簇绽娇姿。
　　醉于春景万千象，浅笑嫣然已入诗。

惜春

夫：浅笑嫣然已入诗，兰心悒向暖烟痴。
　　行文抒意情难舍，留恋春光万象滋。

五、春光

妻：不负春光不负君，晴窗探好暖相熏。
　　摇摇枝蕊嫣然秀，碧海长天系楚云。

春潮

夫：碧海长天系楚云，盟鸥对舞逐涟纹。
　　层层叠涌平沙岸，缕缕清鲜醉画裙。

六、春钓

妻:悠然惬意巧施竿,屏气凝神静里看。
　　荡饵悬漂惊有动,诱来几尾细麟欢。

忆钓

夫:诱来几尾细麟欢,聚饮洲头天地宽。
　　久别寒乡千鹤趣,勤耕风雨饱甘酸。

七、诗心

妻:幽僻一隅远世纷,素心邀墨待如君。
　　诗怀点点枝头坐,燕去鸿来不与闻。

诗韵

夫:燕去鸿来不与闻,勤渔书海敛幽欣。
　　但思月下吟风志,安享寻常赋水芸。

八、春愁

夫:我欠春天一首诗,花开花落到今兹。
　　亭前卉圃如初样,人已空添白鬓丝。

春释

妻:人已空添白鬓丝,春华秋月几相知。
　　泠泠夜色孤灯对,不改初心又为谁。

九、敛春

妻:一地飘零一地诗,香消玉殒有怜之。
　　绣囊敛尽芳千骨,徒怅今生误约期。

恋春

夫：徒怅今生误约期，只留残梗映斜曦。

妙英寥落含香在，蝶舞情深不舍离。

火树银花不夜天

一

火树银花不夜天，神州同乐庆华年。

上元佳节灯关雪，快乐安康枕月眠。

二

江南漠北月同圆，火树银花不夜天。

笑语盈盈歌不断，红泥绿蚁畅无边。

三

龙腾狮舞鼓声壮，玉镜新逢佳节亮。

火树银花不夜天，谜灯盏盏春风唱。

四

旧曲新歌伴彩烟，荣装盛舞乐无边。

神州处处吉祥意，火树银花不夜天。

咏物四首

一、风

气流凝就自然功，长短高低各不同。

春到尽裁湖畔柳，秋来遍染岭间枫。

轻如彩蝶依芳草，狂似怒蛟舞苍穹。

尘世几多悲喜事，皆缘肆意起江东。

二、雪

宇散银花冷意催,妆羞旷谷万青颓。
引来今古骚人誉,润去风尘墨客陪。
六瓣呈娇遮菊柏,一心争艳赛松梅。
下凡求得衷情暖,不枉凌寒坠几回。

三、竹

清幽谷里卧长鞭,静候甘霖润岭川。
多历春秋争碧节,久经风雨舞豪篇。
霜增翠色胸怀阔,雪映苍姿骨气坚。
为上峦峰观素锦,耗空心腹向云巅。

四、野花

陌野有娇颜,丛中品自娴。
临风生菲薄,趁雨养衰孱。
菊傲何须比,梅高不去攀。
独凭星点色,摇曳饰人间。

怀念故母两首

怀母

晚风萧瑟雨侵凉,勾忆先慈顿感伤。
昔处悲欢儿奉面,今无冷暖母牵肠。
春秋季季循环色,日月天天交替光。
但愿人生有来世,轮回再遇久违娘。

下棋

双雄兴致演刀戈,楚汉山河骤起波。
步步精研迎叱咤,迟疑一时化蹉跎。

对弈感怀步韵杜甫《九日》

小小棋中日月宽，蕴藏尘世几悲欢。

强车未使将持印，弱卒偏教帅弃冠。

汉界分兵千岁响，楚河纵马九州寒。

轮回诸事有成败，智者还须笑眼看。

四季叶

一

清波催柳任风裁，漫展千绦嫩蕊胎。

片片新芽驱岁冷，张张脉涌报春来。

二

雨滋繁绿漫天涯，守候丛中数点花。

丹卷只争三寸美，却遗长夏缀芳华。

三

冷雨修容绘彩装，赤橙青伴紫金黄。

残花不解秋情媚，遍染华荣眷夕阳。

四

冬风虐起促归根，偶抱寒枝未断魂。

虽冷犹思繁绿日，枯成黄袄报青恩。

许正善古体诗选

春游
涉水登山踏节前,绿芽瑞草品中仙。
高瞻莲景秦河外,大雅春风雾绕烟。

闹元宵
鱼灯龙马闹元宵,文墨书雅坐寂寥。
绿雪浓香谁作伴,明轮西坠万迢遥。

浪涛沙
大浪淘沙倚长空,海鸥翱翔列成雄。
汹涌卷起千堆雪,潮流东去杳无终。

箮筥观海
海浪翻涛积长沙,遥望渔村数百家。
男勤女俭不辞苦,平淡过活实堪夸。

白露肇秋
荷塘莲叶渐见黄,秋韵空谷发幽芳。
借问清风何处有,白露时节自清凉。

峥嵘岁月
雪月风花情问柳,韶光易逝几时愁。
人生幻化春秋岁,鬓发青衰白出头。

题图诗

青山寂寞暗幽幽，野外空声水自流。
雾里仰瞻观云海，山川美景画中留。

登摩霄峰

卓立群峰上，蓬莱指顾间，
沧溟千里月，闽峤万重山。
众鸟归林寂，孤云卧石关。
神仙渺尘迹，化鹤几时还？

灵峰鹫岭

紫气祥云绕圣台，灵峰天竺法门开。
祇园鹫岭莲华会，钟暮长鸣见如来。

藏头诗

祝寿筵开逢肇冬，许门宴席满堂浓。
府前来往宾朋至，贾氏童颜貌似松。
太水萱花香万里，君风清秀绕千榕。
生辉蓬碧添光彩，日朗分明五谷丰。
快活无边承膝下，乐情欢笑叩慈容。

烟雾缤纷

古道山川鸟蛐蝉，丛中绿野物天然。
雾云围绕缤纷至，赏景看溪水自潺。

感悟人生

一丝不挂到人间,幼到少时欢乐年。
立业成家生活路,奔波忙碌苦无边。
洋楼十座心非满,亿万家财寐不眠。
金玉堆成后人路,成名立望度安年。
老来寂寞归何处,问道寻踪欲化仙。
两字无常谁可免,终时一缕化青烟。

题图诗

蝴蝶远看千万般,目瞻剪艺一毫端。
千花百样令人醉,惟有美言来赞叹。

秋影冬声

蝉鸣蛐叫隐郊丛,蝶舞蜂飞景色浓。
翠竹松梅本三友,露寒霜冷见初冬。

乡第

昔日先人魁作首,狮头武石赫家声。
沧桑几度历风雨,草木依然恋旧情。

祝生辰——赠友

昨夜生辰今日霞,无痕岁月锦添花。
春宵美梦成追意,丽质端庄品味夸。

园中景

黄花绿柳月中旬,炯耀湖光照故人。
雅境幽居琴伴瑟,诗歌赋意酌三巡。

春花秋月

秋赏碧波亭,春听琴瑟鸣。
红桥水东去,松柏伴天明。
古塔何人扫,湖光色自清。
云山望不尽,有幸画中行。

忆重阳

客岁登高太岳巅,摩宵百菊入休眠。
白云古院钟鸣鼓,净土西方在眼前。

聚友

群贤聚友往台峰,路野闲花笑柏松。
宝马暂停休憩处,三杯浊酒再相逢。

砚台翰墨

书风入怀畅心灵,砚台挥毫洒墨青。
妙笔生花添秀气,秋夕翰缘寄兰馨。

秋雨

谁家少女动思情,纤手轻弹送韵声。
玉帝开怀珠泪出,瑶池畅意粉敷轻。
东轩备宴嘉宾酒,西榻迎亲鼓乐鸣。
天下太平多喜事,雨过秋色满城清。

金蟾峰

潜伏深山不计年,仙居圣地蟾问天。
何时玄机能参透,化身端坐紫金莲。

柏洋水乡

柳影湖光沁畅怀,腊冬梅绽雪寒开。
水乡幻梦乌墩处,玉宇瞻望远镜台。

元宵

鱼灯龙马闹元宵,文墨书雅坐寂寥。
绿雪浓香谁作伴,明轮西坠路迢遥。

春游

涉水登山踏节前,绿芽瑞草品中仙。
高瞻莲景秦河外,大雅春风雾绕烟。

立夏

初夏日炎清水江,柳青淡色映湖光。
烟花送旧三春月,鸟语哇鸣荷叶香。

琴韵云声

篱里黄花问绿苔,弦音琴韵引钟开。
遥望天外云深处,犹似幻形真如来。

白露金秋

一

荷塘莲藕见苍黄,秋色银花最艳芳。
借问清风何处去,三秋过后遇重阳。

二

肇秋鸿雁寄书来,千里翱翔落砚台。
题笔吟诗韵无墨,红尘往事共徘徊。

登金蟾峰

潜伏深山不计年,仙居蟾影欲成仙。
何时参透道机法,端坐九霄兜率天。

耕耘

山谷荒郊在乡涧,农夫忙碌不清闲。
春来耕种皆辛苦,冬到割成真是艰。

堪回首

往事云烟幻浮梦,韶光易逝几时愁。
人生虚度春秋岁,鬓发青衰白出头。

秋声雁影

峰登巅处望湖光,浩渺烟波照夕阳。
遍野丛林枫叶落,幽岩清露透心凉。
遥望沧海浪千尺,近看稻花玉米黄。
春草何须霖白露,南来鸿雁盼秋香。

画廊赏景

朝阳旭日耀山涧,画意诗情世外仙。
雾绕泊川东舸逝,仙童问道若干年。
茅庐深久何人住,慕客登攀犬吠天。
黄色白云千万里,一帘美景挂堂前。

杨家溪赏景

白鹤洞前望涧流,青山绿水几时休。
晚风微拂游人醉,旭日东升抛绣球。
远达武夷千百里,近看霞邑福闽州。
天然圣境无穷尽,他日有缘还重游。

春山秋画

秋赏碧波亭,春听琴瑟鸣。

红桥水东去,松柏伴天明。

古塔何人扫,湖光色自清。

云山望不尽,有幸画中行。

四季

春

争宠百花魁作首,牡丹娇嫩占鳌头。

寻欢问柳温柔醉,沁畅心灵春满楼。

夏

荷塘莲藕丝连断,风伴凉亭寄远声。

大地山川夏炎热,楼台倒影诉深情。

秋

叶落枫林鸿雁飞,幽兰空谷几时归。

金风玉露秋银色,湖荡波澜何处依。

冬

雪雨缤纷霜满天,物灵知晓亦冬眠。

寒梅腊里暗香放,松骨常青丰寿年。

微妙

青竹隐蝉蛐,丛林水逝东。
幽声鸣鸟语,老树矗长空。
野草随风笑,闲花色艳红。
诗情皆画意,微妙在其中。

祝许基福生日快乐

祝恭贺岁在桐乡,许氏男儿志四方。
基秉德馨承祖训,福涵光朗寿无疆。
生居华夏逢开宴,日观今朝百菊芳。
快活无边杯对月,乐情有喜满堂香。

许文华[①] 古体诗选

高士迎雨图

高士语长亭,春朝雨中迎。
煮茶香四溢,执手话衷情。

春景图——春吟

春来云旖旎,晨曦染峰奇。
栈道沉吟久,欣怡不忍离。

四季平安图

流水盘回山百转,云霞祥瑞气连天。
经营四季一幅景,枫叶鲜花映碧潭。

林泉高致

青山呈露新如染,红鹿嬉游静不烦。
雨后千峰增秀丽,斜阳若影映窗轩。

山吟图

千佛山里碧连天,万众游从敬拜前。
仙圣治身谈道处,后人诚意效先贤。

---

①许文华,河南庄周故里人氏。主修中国画和水彩画。先后在美国、法国、德国、意大利等成功举办画展。

汴绣猫图有感——赠欧阳阳阳

威风如虎样,两眼放光芒。

巧手千针线,真情作大章。

早春吟

暖日晴风初破冻,柳条吐绿映花红。

云飞千里招人醉,碧水涟漪影朦胧。

瑞色含春

古木欣然去旧颜,春风浩荡满人间。

枝条深处黄莺语,吟咏心情在宇寰。

乡关何处一——梦关山

月下举杯邀落雁,孑然独饮慰心宽。

何须醒醉泪盈颊,梦里乡关携手欢。

幽谷古刹

雪消门外千山绿,花映轩窗万里春。

古刹隐藏幽谷里,钟声洗耳接清晨。

乡关何处二——月下吟

圆月如轮随客船,两行眼泪映乡关。

漠然自问归无迹,谁见游魂梦里还。

乡关何处三——月下再吟

船头吟月满,泪眼念乡关。
拼搏男儿志,天涯难顾还。

春梦吟

轩窗含秀韵,门外映白云。
慧雨滴声脆,千峰润中春。

清乐吟

花枝招展摇风动,碧水涟漪绕万峰。
云海渺茫观旖旎,丹青妙境润诗声。

乡关何处四——游子吟

枯叶枝头风里颤,孑然海角念乡关。
举杯且对夕阳语,游子伤情血泪斑。

渔夫吟

流光溢彩秋山漫,枫染寒霜落碧潭。
渔父作歌垂钓乐,鱼托浮叶戏波玩。

桃花源

桃花深掩水留香,渔者悠然忘路长。
贤士作歌声去远,拾阶承志续篇章。

幽涧鹿鸣

万物复生多华景,幽泉红鹿缀春声。
东风舞柳添诗意,醉卧舟头顺水行。

静夜吟

酒随风月三更醉,梦里情浓再举杯。
醒后犹存佳酿味,轩窗映日又轮回。

醉春

花开吐艳春光醉,月下依窗念相随。
独自举杯邀影吟,酩酊之间叹为谁。

三径秋香

无边秋色丹青染,瀑布击石响震天。
枫叶千层沟壑秀,碧波荡漾映行船。

春和景祥

千山万壑生芳华,柳叶轻轻舞彩霞。
闲坐舟头时日醉,且看春色落谁家。

辞旧岁

暮鼓夕阳昔日忆,晨钟旭日信心齐。
情言共与担当在,携手同心创世奇。

霓虹逸彩

大雨初歇峰镀亮，彩虹旖旎映斜阳。
弯弯栈道绵绵情，举笔抒怀慢就章。

新春吟

斗转星移风降瑞，绿来已向柳梢归。
雪融冰化花间唱，愉悦踏青岂忍回。

雨后新景

夜来风雨早时晴，云海翻腾山欲行。
叶上水珠呈逸彩，千峰新翠映窗明。

太行精神赞

千古神奇云水间，太行辈出英雄汉。
且将热血付春秋，创业家园不畏难。

天香夜染衣

国香吐艳春霞过，月下花前且咏歌。
姑洗东风庭院里，酉时饮酒醉颜酡。

太行秋韵

秋光湖面多流彩，枫叶西风舞步来。
清唱行吟心动处，案头一梦展雄才。

雪中情

琼花飞舞出长空,梅骨轻摇动朔风。
笔走案头千岭雪,歌吟心中玉妆冬。

山水吟

流水盘回山百转,牧歌嘹亮应云端。
风光旖旎心愉悦,栈道畅游清赏欢。

梦侵秋色

西风漫卷红枫醉,顺水行舟念伴随。
故地重游情重处,兰衫染泪且为谁。

月食有感

月儿圆缺何须叹,坎坷人生坦荡观。
长想古今成败事,因缘有果自然间。

雨后彩虹

大雨初停多好景,彩虹一挂在天庭。
条条白练幽林响,依杖高歌唱晚晴。

风月吟

风光如昔谁心醉,梦里常情念相随。
思绪展开无更漏,只身孤影案边累。

寿桃颂

西海瑶池绽吐花,凌霄殿上众仙夸。
几枝散落尘寰间,益寿延年尽物华。

许万铭古体诗选

立春

立事心怀早,春头计自开。
争来花满季,百果不疑猜。

归农

旧舍柴门屋外田,新尖荷叶泛漪涟。
犁耙辘辘牛哥赶,细语声声巧妇牵。

中秋偷月

推杯诈醉战吴刚,哪管天规和玉皇。
偷得嫦娥凡宇下,苍生享尽月圆常。

中秋辞行

才欢秋月喜,又拾远方游。
恨别声声短,归期日日悠。
孤身回望处,怆腹涌心头。
一阵清风起,增添几绪愁。

致国庆之家国梦

上下五千年,东方带路联。
红旗挥主旨,举国喜掀篇。
家国皆怀爱,尊亲育后贤。
中华复兴梦,皓气习天天。

重阳登高(新韵)

雲天秋色故乡山,汗雨挥衣破万关。
异客相思重九寄,恩亲健朗我心宽。

秋寒

是日寒露待落霜,南归白鹭冉秋芒。
初凉乍暖高风起,且问亲朋可换装。

金牛山秋景

胭脂一抹惹谁羞,染就山林满叶秋。
桂月嫦娥飞玉镜,流丹恰好落金牛。

后会有期

从戎五载铸军魂,卸甲归乡忠义存。
聚散悲欢缘有定,男儿朗笑弄乾坤。

宗亲许敬雅剪纸蝴蝶赋诗

飞花舞影红,魅韵贴屏风。
巧女兰心慧,精裁灵蝶功。

残秋

廊亭西处拱桥旁,睡叶枯枝坠满塘。
不待闲人清梦扰,只争妖艳再登场。

丁香寻雪

邀星度夜赏丁香,碧叶金花怒绽墙。
节气千年何处本,岭南小雪未飘霜。

立冬吟

金黄落地鎏,红缎绣山沟。
一缕清风起,丰征四季收。
啖茶斟酒处,鱼蟹蚌虾搜。
喜赚财添禄,立冬辞盛秋。

烟雨泗洲塔(新韵)

寒流雨碧湖,落树漏成珠。
冷雾凌烟里,依稀玉塔浮。

无题

猿心燥意欲书章,臆造搜肠倒腹仓。
执笔迷离方砚照,毫锥饱墨纸辽荒。

偶遇街头水墨画创作

空山隐竹回声处,入境狼毫秀一枝。
水啸云掀惊鹭起,随心弄墨砚端池。

没志流年

没志流年终愧恨,眼前落叶昔尤春。
浮生若梦今初醒,己是沧桑半世人。

如茶

碧叶裹尖芽，三番苦热加。
修身明志理，静悟一壶茶。

许涛古体诗选

蓝血月

百载异时天狗袭,血蓝残月映瑶池。
万民仰首许心愿,春暖花开人自知。

夜幕广州塔

星月相随落紫霄,霓虹璀璨映蛮腰。
花城炫影珠江水,疑似银河筑鹊桥。

丁酉立冬

晨曦细雨生寒意,方觉秋冬气始交。
缘遇观音成道日,莲花甘露柳枝梢。

花落许家出英豪

家贤十九满春风,许氏英豪又亮雄。
奉献达勤齐努力,高阳郡望贯长虹。

许章平古体诗选

雨后晚眺

日薄风轻天气凉,牧童短笛意徜徉。
渔翁欲把蓑衣晒,故在滩头卧夕阳。

夕春

散步长桥畔,春山日影斜。
莺梭湖岸柳,燕剪夕阳花。
樵子寻归路,鱼翁渐返家。
嚣尘声厌听,唯爱水鸣蛙。

许诚安古体诗选

秋感

千山落叶尽苍凉,遥望澄天雁一行。
酒煮孤心愁万尺,由他鬓上染秋霜。

收看国庆有感

看完直播看重播,遍遍心潮逐浪波。
风景这边尤艳美,试看欢庆国旗歌。

中秋夜月

至宇请辉夜,晴空皓月明。
聊天上网络,思亲最牵情。
华下人间乐,婵娟寂寞行。
飘香桂花溢,团聚最漫馨。

赏菊

秋菊清香缓步来,不同花色竟争开。
霜风露雨挣先后,傲视残花岭艳瑰。

咏雪

情深独厚伴梅开,化作白衣天使来。
舞尽人间尘与垢,清香载梦入诗台。

秋雨

杨柳轻风舞细腰,深秋连夜雨潇潇。
污云净洗真容见,飘落清江逐浪摇。

许杨旺古体诗选

写在植树节

树木除荒十数春,锄荑割草久劳神。
小松耐岁凌云日,可记当年洒汗人。

太平元宵节

火树银花万里明,蝉娟惬意助欢声。
民安国富追尧日,凤舞龙翔济泰平。

黄梅醉

黄蕾傲骨炫寒天,冷艳灵香醉客怜。
雪蝶凌蜂狂吻蕊,花魁丽色为谁妍。

大治茗山必聪宗祠庆典有感

国庆佳期筹庆典,宗亲各地集宗湾。
红联副副升平颂,笑语声声族谊殷。
丹桂红枫秋旺地,烟花彩幅染清寰。
赞国言家情亢兴,双节千人乐茗山。

叹嫦娥

寒宫寂寞望苍天,云母屏遮影不前。
怨煞当年灵药独,长离后羿恨无边。

长河吟

长江浩漾纳溪河，神女巫峰望逝波。
不见纤夫沿岸唤，唯观巨舫破涛梭。
虹桥万渡横天跨，都市千城动地歌。
亘古沉浮谁赞叹，东流汹涌涤陈疴。

后生醉步诗前辈

原野诗林不见边，唐风宋韵醉诸仙。
儒生有幸殊途入，不禁流连此洞天。

古桥风雨

古柏桥楼彩画中，峥嵘岁月忆朦胧。
茶麻古道今何在，胜景残留几处逢。

鼎力梦

中华崛起日方晴，宿敌元邦暗碍争。
鼎力殚精圆大梦，人心科技铸长城。

立冬吟

举目关山色渐秾，轻霜冷露浸前胸。
秋丛慢滴辛酸泪，物候依然暗入冬。

季秋登山赋

登高不只为重阳,伴侣携孙入秀岗。
欲别楼林消倦意,将乘兀石浴豪光。
深秋懒赏梧桐瘦,曲径欣观野菊黄。
举目关山思绪远,临风谴兴诉衷肠。

晨雾

晨雾浓凝桂馥香,远山近水着纱妆。
绿丛小鹊喳喳闹,荫下残花款款黄。
未见金乌辉本色,忧知浩宇烂豪光。
轻风慢把迷帘启,万里须臾紫气扬。

和许碧霞金桂吟

街沿植就桂花丛,十里浓香动雅风。
暮见金银铺满地,落英几许醉心同。

犀港古桥吟

古邑西头三孔桥,斑墙老拱史传遥。
官绅续接通天堑,商旅经行识地标。
御敌迎差曾要塞,更朝改道似残碉。
我今欲探晨耕处,楼畔登阶叹寂寥。

年味

梅花傲雪报春天,岁聚相传多少年。
腊肉凝财酬往礼,遥途歇业赶团圆。

许佳古体诗选

秋颂

春风烟雨梦,雪月夜秋虹。
野雁天如水,相思曲散终。

馋宠

狸奴飘又至,拎脚去能来。
风醒兰轻摆,徒留酒宴哉。

许仙清古体诗选

圆觉

古道清源爱意圆，明心见性法身然。

晨曦沐浴精神爽，唱诵梵音源本禅。

别愁

挚情心里默存藏，朝夕相欢万万年。

待有一朝重相识，愁云惨雾顿时烟。

许平古体诗选

幽静

夜明寒露月,漫步柳湖翁。
风景似如画,林中静境葱。
闻听宵小曲,昂望草丛中。
明月当空照,湖亭叹古穹。
山阡逢故友,千古义如衷。

许贤富古体诗选

喜迎十九大

气爽风清好个秋,京城盛会定宏谋。
和谐社会党恩重,国运隆昌策论优。
除魅驱魔承重任,劈波斩浪稳飞舟。
共同富裕旗高举,科学兴邦福九州。

许忠和古体诗选

采鱼秧

春江水阔漫沙岸,淡影孤村世外洲。
片片帆舟追浪去,鱼秧荡漾亚麻兜。

寄语

昨夜雨来天转凉,风吹落叶遍山黄。
顿知寒季才将至,宗亲不忘有厚裳。

初晴感赋

昨儿秋雨急,今日见青天。
翠鸟鸣深树,黄花展靓鲜。
欢歌酬盛世,笑语贺丰年。
喜庆中秋节,心飞东海边。

许家荣古体诗选

凤台听雨

云弄西山舞,银花石上流。
玉琴风韵远,红雨半山秋。

湘子桥偶感

韩江烟雨出亭楼,塔影孤斜凤凰洲。
谁凭栏前留暮影,波涛洗尽古今愁。

许广武古体诗选

学海夜景

轻风细雨丝丝下，雾气袭来秋夜凉。
璀璨明灯镶学海，飘飘湖水景呈祥。
亭台错落珠玑串，曲径逶迤着霓裳。
簇簇鲜花香扑鼻，清波荡漾映辉光。

曲径通幽

柳影晃悠风月伴，葱茏枝叶泛蓝光。
人群曲径蜿蜒转，彩带镶嵌路两旁。

蒙自南湖

夜色南湖门，金光闪闪贵。
朋来见客亲，学海书香气。

夜南湖

诗情画意南湖夜，璀璨斑斓耀远方。
水暖风轻鱼鸟乐，涟漪四起漾波光。

亭台风月

亭台楼阁林葱翠，树影婆娑柳絮飞。
万盏灯光眸眼眨，月辉静水海风微。

湖中映月

深邃夜空星月光，漫长旅路泻渔乡。
水波摇曳银涛闪，天地之间诉衷肠。

冬季翠湖观海鸥

一

云淡风轻起碧漪，柳条飘逸晃妍影。
翩翩飞舞海鸥欢，人鸟和谐吉祥景。

二

水照浮云舞垂柳，清波荡漾起涟漪，
红衣映衬翠堤岸，海鸟欢歌客满怡。

三

成群结队满湖飞，倒影鱼儿水下随。
振翅波惊涟激起，葱茏柳树任风吹。

四

碧水蓝天相衬映，海鸥展翅竟风流。
轻盈飘逸湖心点，触动清波眨眼眸。

五

万鸥迁徙落清湖，沐浴暖阳水面歇。
越岭翻山跨海飞，历经风雨不分别。

烟雨幽谷

葱郁丛林轻纱裹,丝丝细雨润林麓。
烟波浩渺千峰漫,云海苍茫万壑谷。
雾霭弥漫袅娜萦,波澜翻滚云翻覆。
层峦叠翠幽幽深,草木葱茏雾雨沐。

罕见天瓜

曲径通幽多野果,丰盈艳丽惹人怜。
天瓜只应仙家有,何故凡间落路边。

栏桥卧波

夜幕长廊远卧延,蛟龙摔尾绕弯弯。
栏桥跨越水天色,宫阙仙湖落世间。

苇子花飘

成荫绿树清香溢,芦苇山花任意梳。
秀发轻柔嫣然笑,纤纤细草谷仙居。

许灵峰古体诗选

深夜情思

林影浮动月上梢,星光暗淡亮中摇。
夜空深蓝已到宵,痴人美梦未成窈。
此生相遇不渺渺,百年好合情美妙。
夜深人静思念好,终身难忘人未老。

许江平古体诗选

白露秋

白露嫩寒侵,孤亭晚罩阴。
长空清月影,岗黛色苍浸。
鸟静无喧语,林深有蛰禽。
飞声慌落叶,野渡老鸭吟。

题丁酉中元节

生老病死前世缘,红尘岂论长短年。
一念善慈天应佑,胜读如来经一卷。

雷雨夜

响雨惊雷夜半天,强风劲斥浅洲咽。
咄咄不见苍冥色,霍霍尤闻战鼓鞭。
怒起徽河千层浪,掀出洼地万波旋。
璃窗水泻泉悬挂,执笔平心著案笺。

闲吟栀子花

数朵栀花抿嘴笑,只闻娇声不见娇。
清风一缕撩篱过,彩蝶几翻醉香消。

咏荷

清池菡萏为谁开，几抹嫣红暗上腮。
静静顾涟阡陌径，亭亭只盼伊人来。
未把风姿卓成越，先将幽香送入怀。
难舍柔情昨夜梦，何时化蝶待君裁。

暮春

又是人间四月红，花山碧海紧相拥。
蝶舞蜂飞双燕处，葱葱阡陌柳条风。

蔷薇红

原本栽得蔷薇红，岂料却是白花葱。
如若来年景依旧，剪碎霓虹撒绿中。

许绍雄古体诗选

千年银杏颂

雪消门外千山翠,花映农窗万里春。
古树隐藏幽谷里,洗心维听赤水呷。

许全新古体诗选

悼李敖

文坛悍帅李公敖,辞世宝岛举世晓。
喜笑怒骂皆文章,魑魅魍魉众难逃。
裸魂责斥人性恶,铜牙叱咬分裂獒。
公今不幸捣阎殿,人世宵小谁伐讨?

春日应邀万贤读书会沙龙演讲

帝都久奔忙,文怀渐疏详。
做书余暇际,万贤共演讲。

京师深秋感咏

节后别家乡,入京恭职场。
深秋黄叶落,心中倍瓦凉。

二零一七年年终总结之爱情篇

貌似今年大进展,十一鲁月临陇原。
登楼访塔谒宗亲,举家一度喜若癫。
孰料节后事一忙,波折沟通偶生端。
虽然年末致中和,伊独掌控主导权。

痛悼学界巨擘饶宗颐先生千古

学界巨擘饶公殁，九州同悼念卓荦。
曾致国学扛大鼎，亦研梵文齐季硕。
儒林百行皆涉研，著作等身何宏阔。
一朝辞世会孔孟，后学哪仰泰岳挪。

沉痛吟悼余光中

诗坛巨擘余公殁，燕山伤怀乃其多！
曾经北大聆讲座，而今海峡阴阳隔。
叙曰古人措辞妙，答云文言成语活。
先生乘风天国去，乡愁不尽奈若何？

许爱君古体诗选

万念成殇

昨来风疾独离殇，君菜何伤伊断肠？
爱过怎忘常忆样，琴音又起诉凄凉。
残花飘泊徒流悦，恨念成殇轮回央。
韶气倾亡谁最泣，一音未了泪千行！

许彩强古体诗选

咏酒

晶艳水融影,芳香火缭身。

挚忱非冷漠,苦涩本清纯。

解乏能提劲,催眠亦养神。

滋颜尤活血,通络妙除菌。

郁闷邀知己,欢忻迓贵宾。

小钟嗤醉鬼,大碗喻仙人。

燠热冰心励,驱寒赤胆臻。

须眉豪饮淬,细品壮玄真。

地气开怀释,天恩惬意殷。

举杯遥致贺,盛世捷音频。

许大用古体诗选

宗亲拜秋 (中华新韵)

午时锦官城中走, 晚餐山城宗亲酒。
丑跨绿龙晨归蓉, 川渝宗亲汇中秋。

许国根古体诗选

仙宫怨

紫雾升腾荷韵间，吴刚把酒桂花矜。

相思玉兔嫦娥恨，误作仙宫不复还。

许文涛古体诗选

念师恩

一别师颜经十年,日里常忆旧时天。
神觉一惊方知梦,吾欲归学续前缘。

静时节

五行行时补神全,玉炉渐温意蒸天。
对火遣欲排旧气,虚心实腹纳新铅。

思念

明月尚有群星伴,暗夜湖水得磷光。
青竹起舞为哪般?可是思念有情郎。

枫林

一片红叶染夏江,轻摇偏舟乘夜凉。
谣传朱仙欲来浴,弃舟藏林想得香。

雪中情

手持一盏琉璃酒,脚踏无暇白玉疆。
寻梅香气来源处,总有春意傲风霜。

许克峰古体诗选

赠芷菡女士——牡丹图题字

戊戌春归千卉放,芷君泼墨牡丹香。
美图富贵甲天下,技压群才洒艳芳。

题芷君牡丹图

春雨催苏千百花,争奇斗艳映朝霞。
芷君笔秀雄才帜,牡放雍容展九葩。

纪念鲁迅

周君为我拯黎民,弃职躬耕习识人。
替国担忧心抱族,昼诛夜伐击蛛尘。

许阳表古体诗选

贺湘鄂赣三省宗亲国庆举联谊

十月金秋桂馥香，宗贤聚首许高阳。
天涯后裔真情在，祖德流芳万古长。
举国欢腾迎国庆，慕名联胫励贤良。
三江英达怀鸿志，五福频传谱华章。

"十一"期间湘鄂赣宗亲莅临奉新罗塘有感

十月金秋广宇明，三江贤达满豪情。
枫红菊翠飘香桂，继世华年载福行。
忠厚传家承祖德，光前裕后砺朱赢。
普天同庆齐携手，再创辉煌赋乐成。

纪念同学聚会一周年

枫红菊翠又深秋，玉露金风晓日柔。
闹市门庭花嫣艳，翁姑健美广天游。
依稀梦里常见面，缕缕愁思入晚秋。
两鬓添霜春几度，同窗但念曙光留！

贺南昌蔡家坊重阳节联欢

天高气爽又双阳，喜看屏间传玉觞。
共醉举樽黄菊酒，同根永系美高阳。
诗毫叟姬千秋乐，词吟子孙万代昌。
盛世神州风景好，华年颂韵谱新章。

观滕王阁夜景感怀

信步江边举目瞧,滕王阁耸入云霄。
天笼七彩霓灯闪,地耀三更数控调。
客艇飞奔梭不息,舟船橹渡影全消。
洪城旧景今何在?故郡南昌展虹桥。

贺港珠澳大桥通车

天降神龙卧海中,地呈祥瑞舞清风。
千潮浪涌无惊惧,万代昌隆建伟功。
彩闪虹桥三境耀,经商联动九州通。
伶仃洋上添新景,震憾全球国势雄。

院伴妻感怀

风吹浮朵九霄遊,思绪跟随八路州。
观景闲聊妻唤作,恬茶寂坐独杯忧。
来闻窗外鸣车马,得见城中立玉楼。
院榻廊房求谧静,皇天眷顾彼时留。

秋之恋

秋风萧瑟梳垂柳,碧水涟漪映蔽明。
岁月悠梭容渐皱,韶华不再鬓斑萌。
吾生独喜阳春雨,执着偏欢暮霭晴。
若得丹枫常驻在,心怡菊盏伴逾情。

桂花吟

昨宵沥雨转街凉,风霰丹黄桂蕊扬。
凋处雅吟更美景,唯然庭院韵香藏。

许鹏古体诗选

致敬百变鬼才萧宽大师

一路风尘向京华,夜半造访老翁家。

冬至门前轻问候,鬼才鬓须似雪花。

许旭古体诗选

同学聚会

聚会同窗酒伴歌,三巡畅饮口悬河。
人生难得几回醉,共忆儿时乐趣多!

第二辑

词　选

许流华词选

水调歌头·感恩遣怀

已入不惑境,欣忆那晚霞。青葱岁月,激情似火焠年华。记否寒窗刺骨?忽念羊城落户,俯首织绢麻。苦辣酸甜事,样样若农遐。

感沉浮,瞰宇宙,叹无涯。初心不改,欲唱铁板与琵琶。邀那东坡明月,映照白云奇崛,樽酒醉她家。今世当何似,感恩蓝莲花。

浪淘沙·空瑜伽

独自拥空厅,悬盏孤灯。气吟连续跨身鸣。丝缕夏风堪着意,愉悦轻声。

凌云梦易成,骄影摇屏。身凉衣薄迹痕轻。倩影暗存谁可语,月映窗棂。

唐多令·回首那时春

杨柳舞时新,啼莺鸣晓晨。草萋萋,旧年王孙。漫步夏雨惆怅起,沾湿露,浸衣巾。

回首那时春,孤山一段云。过街堤,打伞精神。佳约难重青春老,几多事,忆纷纷。

凤凰台上忆吹箫·弓玉华情缘

望断天涯,雁鸿何处?玉华搭弓还羞。夏初好,东北耕耘,最解烦愁。

辗转红尘陌路,兵戎装,皓月倚楼。情缘处,武痴绵长,号角排忧。

浮生几人得志?刚恰巧,山东锦书新收。不应怨,情愫满袖,东北难留。

落笔鲁地何故?缘兵梦,回忆难休。芳菲尽,爱过还应无求。

蝶恋花·花旦

艳照罗衣脂粉满。古调新词,唱腔悦千遍。云步凌波春水远。花魁靓色娇羞浅。

入戏痴迷方寸乱。乱那缠绵,香扇欲遮面。襟袖香漓人未倦,千年依旧闲消遣。

鹧鸪天·丁香花

紫袂欲遮几多愁,堪怜身怨何时休?丝丝夜雨凝双眸,细细夏风浸满楼。

思恋信,念归舟,花香入梦忆温柔。丁香花开卿何在,长门呢哝枕畔留。

江城梅花引·炉钩子

长风揉碎岭南幽。水东流,月西流。望那炉钩,火寂鸣咽抽。一钩搅动炉火奏,声声慢,映红楼,谁犯愁?

犯愁,犯愁,我烦忧。曾回眸,志未酬。悟也悟也,悟不透,虚度春秋。斟满金樽,叹醉炉钩休。浊酒一杯邀明月,游东北,拜靠山,逛九州。

九张机·大盘道映山红

新春闺怨现代诗,莫笑疯狂莫笑痴。盘道砚台长风笔,流华写下九张机。

一张机,人间四月絮花飞。飘飘载满同学意。长风落笔,有风追日,堪堪恋红衣。

二张机,窗倚美篇忆相思。诗词懒看身无力,锦书难寄,孤心欲睡,润色总迟迟。

三张机,山道漫步觅疏枝。清风摇落红尘事,寻来多少,痴情记下,随意不成诗。

四张机,江东伫立望江西。茫茫小河寻舟子,风霜不改,今朝依旧,只盼阮郎归。

五张机,几株靓影碟欲飞。肯将花瓣连成对,倾心相视,欲述难退,怪我太痴迷。

六张机,红唇渐淡早描眉。嗟声片片观春水,茫茫无际,两行鸿雁,可叹黑痴儿。

七张机,春暮新张落深闺。映红山语织成泪,放飞驱散,花前闪照,怎忍往回归?

八张机,流华望屏谱长词。网络欲在心头系,岭南东北,情为何物?美美欲人知。

九张机,天公织就彩霞衣。盘道美景江边倚。水柔沙软,风和日丽,不该绝尘灰。尘灰,今番春雨化成泥。

花枝绿叶佳人醉,满帘花海,风来影动,遍布现芳菲。芳菲,轻翻裤脚踏烟溪。幽中新春浑然气,聆听莺哢,醉观蝶舞,伫立倚风栖。

一七令·旭丽

花

旭丽,芳华。
迎朝阳,送晚霞。
漂怜四海,心系万家。
痴情藏沃土,励志闯天涯。
恋曲蜂蝶漫舞,吟唱诗人勃发。
纤姿潇洒舒长袖,娴雅端庄亦仙葩。

水调歌头·大江迷茫

何惧寒冬冷,松花北疆行。冰心高涨。梦栖江畔友朋迎。抬手扬鞭挥舞,玩转溜冰江面,嬉笑丽人婷,快照镜头闪,冻结岁月龄。

破冰行,茫茫垠,吼共鸣。青春无限,似见囧态酷冰萌。冬寒时光飞逝,追忆曾经玩耍,欣渡梦中萦。谁道冰裂晚?长风好心情。

鹧鸪天·凝眸

今日空虚吐苦吟,断肠春梦到如今。堪将禅心融诗意,画面初心证玉心。

观绝唱,少知音,缘眸何必梦中寻,剑眉怼里多少恨,曲度离声忧怨深。

戚氏·故乡宋韵楼聚会

望城边，友情熏暖小河湾。几缕霞光，小龙随云入岚烟。清闲，倚朱栏，宋韵风景胜江南。长行珠江临水，番禺江畔展渔帆。风际拂鳞波照影，美华垂望高天。料谁曾肯信，赣南风味，如此方圆。

流华踏路偎寒，千里对月，激情唱乡关寻常事、赋诗几句，众皆陶然。忆当年，唯有同学歌唱，堪叹碧海桑田。恰如梦境，万木盈春，桃李香浥庭园。

纵饮一壶酒，醉应止夜，未若心安。鬓发临溪静坐，更垂髫笑语看风鸢。番禺桥下舞长鞭，几声脆响，声远传河岸。渐直身，回首青龙剑，转腰身，横掌几拳。执手行，爱在眉弯，共相依，浪漫诉情缘。念家山好，归来粤客，填美家园。

临江仙·叙利亚东古塔

自古中东歧路满，十年听惯战歌。青丝美眉蹙愁何？春深芳草遍，前程夕阳多。

百载光阴应有几，战火多半消磨。建国回望旧关河。叛乱风乍起，雨落初晴过。

浪淘沙·往事如歌

夜静分外柔，弯月如钩。忆莲卷走旧时秋。宗盛高天鸪自远，岁逝眉愁。

往事难回头，爱恨无由。互需珍重懒停眸。山外青山楼上客，梦寐风流。

临江仙·琴瑟梁祝

水映湖光吟墨意,老妪落键琴悠。烟波泛起静天收,幽情纱浣女,弄玉醉方侯。

一曲梁祝听醉客,余音琴瑟亭楼。云飞春晚月如钩,乡关思故里,忆起古神洲。

江城子·梦青楼

美男青涩女多柔,日连忧,夜梦收。偷记恋情,眷恋泛轻舟。坐拥软怀柳永事,羞涩见,水东流。

忘情躁动怜人留,爱悠悠,情愫休。懵懂迷人沉醉,梦青楼。沉默无声欢乐泪,情要尽,是离愁。

金缕曲·梅雪阙歌

鹅雪轻轻语。步轻盈,凉亭几履,烟袅无数。六瓣冰花晶莹透,八面飞扬漫舞。飘零顾,绝收炎暑。一剪情心藏入袖,撒九霄,欣喜长门女。几片羽,幽怨许。

人间有梦梅雪渚。爬云山,曾经沧海,携风带雨。点仙境无限意,红萼虬枝惜取。抱铮骨,期盼君与。约契百年梁祝愿,誓天地,万里琼瑶阻。惆怅客,啸金曲。

粉蝶儿·镇宅大斧

题写铁匠张新春的精绝手艺

三九雪花,田畴片片银素。望山川,冰雕寒树。有神仙,隐绝艺,风流自度。意境绵,撸袖吟歌挥舞。

新春藏雪,钢肌铁骨方露。俏争春,袅香缕缕。引巧思,憾感喟,锻铁锤斧。那才华,比若好词佳赋。

浣溪沙·梦回家乡

梦回家乡游故园,鱼塘芳境会藏仙。水云深处枕花眠。多少闲愁言不尽,一溪泉水锁幽栏。野鹤何日度冬残?

唐多令·两条小鱼

拾杆钓黄昏,靠山着绿茵。小鱼儿,堪识乾坤。划几圈圈皆莫入,犹串起,水粼纹。

笑极蕴天真,悠哉转半身。看月缸,漫引家门。唯有心思相伴去,三两转,亦销魂。

满江红·港珠澳大桥

奔腾纵横,惊涛涌,几多豪情。挂云帆,搏浪棹舟,唯恐侧畔。峥嵘坎坷志不凡,笑阅河山气冲天。堪百年,毕生造桥战,勿怨叹。

艰辛路,苦不倦。风雨里,浑向前。叹岁月如梭,光阴似箭。港澳云天畅珠海,大展宏图莫等闲。建丫桥,莫负好华年,抛血汗。

水调歌头·月全食

云在穹中卷,聚散皆由天。指尖多少情味,回首入华年。总想留她私语,却怕冬风难许,忽染半窗寒。剩点月光味,融入我心间。

叩流水,吟残月,临风眠。何曾浅醉,凡事都想月儿圆。多少尘烟凝雪,几度芳华怎说,莫道月食全。眺望今夜老,犹唱欲婵娟。

定风波·江南雪

塔伫姑苏碧雪明,鹅毛纷飞齐峥嵘,今夜偷闲机缘值,难得。一壶浊酒祝真诚。

东北岭南诗快意,无忌。相约诗心见浓情。茫茫京杭雪景美,遐迩。许仙赴约白素贞。

喝火令·月季花

岁岁风霜守,年年雨雪同。占琴别苑见花红。四季苦中作乐,谁解孤寒空?

夜夜相思叹,朝朝念尔浓。长风只顾揽芳容。甭管情深,甭管愿难从。甭管望穿秋水,细雨亦朦胧。

暗香·芳华敏懿

天然织就,薄纱笼玉蕊,红靥锦绣。泪点珠光,雪霰摇曳素盈袖。回首往年浓酽,却记得、暗香依旧。叹芳华,诗词春秋,敏懿身姿瘦。

翘首,盼左右。几度望西楼,痴心折皱。恋情空守,虽说明眸亦寒透。看那花稀叶残,岁月悠,不曾来嗅。怎知否,情难耐,离愁时候。

沁园春·红颜薄命梅艳芳

瞬息浮生,薄命艳芳,低徊梅忘。记年少闲时,红礁歌雨;雕阑曲处,笑倚斜阳。梦美难留,诗残苦续,赢得夜深哭一场。遗容在,魂灵飘一转,未敢端详。

重寻容颜茫茫。料短发、朝来傍晚霜。便人间天上,尘缘未断;春花秋叶,触绪怀伤。欲了绸缪,翻惊摇落,脱尽丽衣昨日香。恨无奈！歌声声邻吟，唱演回肠。

临江仙·原始夜色

夜静猿山风觉醒，烤火月色微凉。野花寂寂为谁香？邀卿随吾去，欣填小诗行。

从此临江仙一缕，幽幽淡淡孤芳。何须悄问不寻常。人间痴绝处，原始亦清狂。

鹧鸪天·山海关感怀

今岁冬深竟不同，长城犹龙穿长空。北国寒帐凄风卷，酒肆柴扉冻雨濛。

山渺渺，水重重，城关遥望苍茫中。千军欲过偏无路，倚山靠海听晚钟。

高阳台·太行秋韵图

雁去寒回，峰耸岭远，潇疏风浊霜侵。夕照暖轻，阳熏共度枫林。窗前半盏流霞意，入更深，叩问禅心。唱韵谁，遍地红花，几许闲吟。

云山有梦牵关月，笔描红谴绿，惟恐风临。昨剪芳华，今来欣剪单襟。年年邀吾赏秋韵，若有情，留恋光阴。选遣词，怅望江南，悠念知音！

江城梅花引·蓝洁瑛

残身败柳为谁行？叶飘零，梦飘零。心事沉浮，独自坐三更。霜白月清衣袂薄，心中冷，指间寒，到几层？

几层，几层，都为曾。这一生，碎半程。醉了醒了，堪寂廖、说与谁听?苦泪千行,滴血对孤灯。品味从前志伟笑,温暖少,世间凉,独自撑!

醉花阴·室雅蓝香

莫教烦忧羁绊老,室雅兰香好。安全人春秋,墨泼风流,醉那千年调。

月圆盈缺毋须恼,长松春颜貌。心若向善开,起落勿惊,何惧沧桑道?

桂枝香·汉服雪影

深冬和煦,灵鹊初织巢,薄雾疏雨。阡陌栏杆微湿,箫唇浅语。腥红兀染帘窗外,好清凉,啧嘘声遽。靓姿深浅,身旋影单,柳杨萌序。

野郊白,冻枝冰聚。襟怀倚搂中,思情千缕,散舞悠悠惆怅,娇躯柔许。一杯浊酒伤幽怨,满目竹凉载多绪。垠边烟漫,胸隐心事,皆随风去。

沁园春·高阳墨谊

恒大人潮,浪涌芬芳,许氏阳光。今青春热血,践行壮志;激情理想,烙印沧桑。抛却虚浮,宗亲大义,正道人生气宇昂。路艰远,历千难万险,传颂高阳。

即将更现辉煌,瞰华夏龙腾振万邦。赞青年才俊,担承国重;名人书画,春蕴花香。经济论坛,开天辟地,许氏文化齐富强。宏梦庆,看浪飞云涌,歌凯诗章。

满江红·人生若初见

云雾轻舒,珠水外,雁鸿点点。市桥处,仙姝靓影,人流欲掩。岭南人间齐锦绣,海珠渡头潮音瞰。小蛮腰,听暮鼓晨钟,心绪染。

冬至月,流觞苒,落枫叶,残枝淡。独云山成片,秋心谁念?唯觉人生若初见,今宵凭栏嫦娥艳。忌匆匆,望碧海晴空,步天堑。

水调歌头·宋韵楼

君伫番禺阙,徐步载云舟。天涯岭南深处,娇面淡娥羞。门掩黄花时候,江畔流光相守,对视情回眸。劲舞柳杨岸,吹笛珠江头。

夜朦胧,人闲静,韵悠悠。望君千里遥外,倩影惹乡愁。世上痴情谁似,嗟取楼阁瞻桂,第一宋韵楼。吾欲坐君侧,随梦入广州。

临江仙·长城万里图

横亘九州万里,巨龙展姿苍穹。鬼斧奇迹泣神工。历燃峰火逝,淌过汉秦风。

南沙睹画漠冷,石林收藏沁红。匈奴虽远警鸣钟。泼墨犹血肉,谷昌画称雄。

南楼令·安全人

高处观寒星,安全邀客情。望潇湘,身是浮萍。月缺花飞思往事,瞬眸,入禅声。

记忆那长亭,一曲颂晚晴。残恒外,欣约鸿蒙。冷眼繁华都落尽,人欲寐,夜三更。

江城梅花引·冰城聚会

北长风长沙理工毕业 25 周年

依然如故聊同窗。夜寒凉,酒微凉。叙别经年,总忆旧时光。历艰几多羞涩事,今记起,笑谈中,悔青肠。

断肠,断肠,亦心伤。聚一场,醉几场。醉沉醒来,梦惊醒、回味沧桑。逝水芳华,好景总悠长。千里相思何处去?冰城苦,各西东,夜未央。

汉宫春·英雄

虎狮吼哮,引过隙白马,掠地惊天。云端霎时卷起,雾鬓风鬟。霸主何去,剩兵书,宝剑草船。弃羽扇,更兼纶巾无冕,幽避林泉。

千古枭雄安在,伫碣石岸外,几度流连。孟德行吟泽畔,皓发萧然。当年诸葛,入川江,曾留诗篇。凝眸眼,平贼祁山,缅思英雄联翩。

风入松·藤本攀附

清风细月泊舟闲,枕水海澜。香茶对酒修心性,夜更起,长风星寒。柔媚飘摇芦絮,扶疏轻攀藤盘。

不知何处弄丝弦,藤本附缠绵。几多温婉千种韵,谁寻觅?醉梦魂牵。亚龙湾溪记忆,水波轩榭无眠。

南乡子·三亚游

何处去休闲?三亚城弯海月园。椰子香蕉金闪闪,香悬。大肚榴莲硕果欢。青翠满山峦，碧水悠悠坐小船。长风畅游舒心乐，遛恋，心潮澎湃词满笺。

诉衷情·感恩

绵绵心雨伴秋风，年复花又红。人间多少恩情，天涯远，动愁容。

欣梦里，盼相逢，志忑同。羊城诗鸣，月映陈松，纠结庭中。

东风第一枝·意晨

竹蕴娇柔，梅舒雅韵，人美莺语清婉。晶眸职装犹凉，和煦东风渐暖。怡香飘去，却化作，泥中松软。恰此际，新绿拂冬，始见翦归欣燕。

情几缕，摇琴抒恋，花几点，简妆媚晚。拈笺泼墨兰堂，吟唱题词玉案。花龄正茂，倚栏望，芳华暗掩。盼往后，四季意晨，琴瑟和鸣飘远。

采桑子·冰糖心

含羞凝露冰糖心，情也温存，笑亦天真。绽放红颜销我魂。

自斟饮酒冰川卧，醉赏果神，忘返黄昏。欣步痴心厌夜深。

定风波·蝴蝶剪花

女子宗亲著素衫，栩栩蝴蝶入山岚。轻摘纸剪花正好，真妙，欲寻妆镜鬓边簪。

憨笑诗群春意乱,休看,熏风吹入小池潭。去采纸贴谁羡慕?停步,几只蝴蝶逐身前。

临江仙·梦游西藏

旅梦翻跃游藏川,鹰翔雪岭瑶天。登高独啸吟诗篇。险经转陡运,悟道浴冰川。

踏遍大荒寻卓玛,弦心迷情尘寰。知音难觅叩百年?圣地云影幻,神谕向天缘。

蝶恋花·诗人情意

凳几辣酱风韵高。尽洒秋情,恐把金秋闹。风解铃米秋报早,香浓影靓众人笑。

欲摘屠龙刀困扰。手握倚天,诗雨知多少?文传奖励心渐好,吟诗泼墨魂飘渺。

解语花·秋山晚翠

峰峦叠翠,秋山悬空,幽壑通灵照。茂山风啸,咽喉塞、紫岳奇岑生俏。峰巅云缈,绵延处,巍峨争俏。过雁门,尘雾苍茫,横亘亦清晓。

雄伟陡峭香绕。虽神明助善,普众幽道。神仙眷侣,修行后,险峻丛中斗巧。前缘未了,好景色,游人醉倒。散夕阳,望重秋情,回眸东君笑。

蝶恋花·心愈

云淡天蓝浓雾去,清日斜栏,霁霎诗成句。似觉风渐冬有预,心将临摹随烟絮。

满目柔光徜抒绪,细画关怀,谁愿闲情居?独自依依倾心语,迎新偏又思秋愈。

踏莎行·重阳

人在天涯,无眠今夜。纸笺小令怜花谢。桂菊开满迎重阳,馨香难掩秋风嫁。

牧笛清音,靓影情惹。叶残飘落梧桐下。一壶浊酒独凭栏,今宵对月光亮借。

临江仙·十面埋伏

垓下沛公围霸主,乌骓凄啸琵琶。悲声四面楚音嗟,旌旗尘蔽日,戟戈月沉沙。

剑指情怀犹落泪,揉弦续断飞砂。风云激荡憾天涯,江东数豪杰,奈何汉刘家。

拜星月慢·追思许广平

往事回眸,云烟几载,今日追思纪念。祭祀广平,宗亲书联挽。若慈母,虽已归仙驾鹤天外,迹印珠河两岸。更忆鲁迅,笔讽谦恭善。

揽情怀,许地春风面,夫妻双,早已瑶台伴。眷恋雨润高第,恋情风吹散。九泉魂,多少华诞,人未在,许家同祈愿。儿孙满,一缕相思,举樽杯酒献。

临江仙·秋忆

细雨绵绵连晓色,轻倚漫步林中。一双小伞看花红,互吐心中事,望着绿茸茸。

誓约今生同到老，还邀来世相逢。光阴辗转起秋风，而今唯有我，伫望守星空。

踏莎行·墨兰图

楚楚花琪，盈盈蝶舞。秋风却欲开千树。冰肌玉蕊绽欣颜，燕雀飞绕芳香馥。

画笔竖提，泼墨飞蹴。轻云戈素沁如许。绵苞几朵彩衣追，沉醉一缕情归土。

一剪梅·弯

笑望路弯随梦游。草影含羞，人影含羞。轻车划破半湾坡。一边韵流，一边风流。

美人骚客共丰收。草亦摇头，人亦摇头。盏酒千杯吟绮秋。醉也悠悠，醒也悠悠。

千钟醉·《红楼梦》金陵十二钗

泛读《红楼梦》有感而作

琴曲馨音醉意柔，兴衰荣辱苦作舟。红楼一梦追千古，今见骚人笔画稠。

一钟醉(林黛玉)

香消玉殒潇湘泪，梦断花残红楼微。青青眉黛，惜惜魂落，问谁知痴味？

二钟醉(薛宝钗)

娇容粉面心难计，聪慧贤能意欲齐。佯装捕蝶，桃僵李代,谁知空伶俐?

三钟醉(贾元春)

廿年难遇元春贵,一朝相逢虎兔归。荣华方好,无常刚到,问天谁知罪?

四钟醉(探春)

日边红杏倚栏魅,帆影萧风掩面悲。春风十里,迢迢美梦,叹伊声声碎!

五钟醉(迎春)

性格懦弱淡云贵,家道衰亡忌论非。小人得志,花残梦逐,叩娇娘何罪?

六钟醉(史湘云)

醉卧磐石花前睡,含笑湘江恋梦飞。一弯逝水,星云霁月,问谁知情味?

七钟醉(妙玉)

才华堪比仙中卉,气质犹如雪里梅。红楼紫粉,青灯拢翠,恨闲暇遭罪。

八钟醉(惜春)

青灯古佛经文缀,鱼木缁衣咒语灰。红尘看破,繁华难继,悟岁月滋味。

九钟醉(王熙凤)

冰山消融何必累,燕鸟啾鸣来世悲。精明侍宠,机关算尽,瞰卿卿终岁。

十钟醉(贾巧姐)

皆因熙凤助乡惠,今有刘婆救巧归。美眉娇弱,烟花欲坠,叹佛前禅味。

百钟醉(秦可卿)

晴天恨海洁身媚,红墙绿瓦惹是非。婀娜纤身,行云流水,淹没红楼悔。

千钟醉(李纨)

春风拂面凭阑瑞,晓梦丹心护子慈。冰山融水,慈颜忌妒,问君知情味?

许碧霞词选

一剪梅·秋雨山乡

绿竹丹枫两色秋。玉露毫轻,红叶诗稠。冷风挟雨掠空山,屈伸低回,偃仰沉浮。

白练啸歌万壑飕。败絮随波,柱石中流。芙蓉几树独新红,一点疏塘,一点荒丘。

卜算子·居屋为一对新竹所破

拔地寂无声,揭瓦伸双臂。雨润风滋勃勃高,有意同争翠。

怜悯主人愁,落滴湘妃泪。东道谦谦客房让,但愿长相对。

忆秦娥·玉兰花

凝脂裂。琼厄一树装皑雪。装皑雪。春光尽饮,岁开新页。

中天雷震龙蛇悦。梢枝雨打芳花跌。芳花跌。句芒无顾,东君巡阅。

更漏子·春雨

树抽条,林着彩,不敢合时迟怠。剔故叶,启新丛,东君学画工。

云雨洒,尘烟汰,水涨清溪澎湃。李花媚,柳丝茸,春行脚步匆。

小重山·红船梦

丝网红船骇浪浮。高樯擎日月,拾金瓯。前承后启自清遒。乾坤裂,热血著春秋。

新梦熠神州。丹旌昭广宇,炫煌收。雄梁立柱起新猷。风鹏举,竞四海龙舟。

临江仙·文家市旧忆

风卷硝烟旌鼓息,哀兵愁对秋空。神离剩勇志难同。龙蛇分晓,一夜自西东。

镰斧斩荆开亘古,雄师山啸苍穹。罗霄血沃菊花浓。中天树帜,四海映旗红。

渔家傲·重上井冈山

五指擎天惊宫阙,赤旗展骥苍穹烈。河岳峰峦辞故月。千秋越,几点星火神州热。

多少风霜溶旧雪,从来血雨生新叶。换了人间沧溟阔。群山列,黄洋界上丰碑谒。

醉太平·贺新年

香高烛红,金樽酒浓,门庭觞客苍穹,敬丰年一盅。琼花化融,虬枝蕾雄,恰逢盛世春风,织九天彩虹。

采桑子·乘高铁随想

江天寥廓龙舆跃,电掣风驰。连路清晖,流水行云画轴犁。

鸿沟浪骇浮鸥湿,有岸难栖。高铁东移,宝岛神游一日回。

柳梢青·百合花时

玉骨凌风,凝脂绽蕊,四溢香浓。孟夏芳残,暑初花嫩,百合娇容。

炎凉不乱由衷。也如是,惟情独钟。垄上琼葩,畦间红粉,又见天工。

清平乐·梨花

梨园春驻,一夜东君助。脂裂枝融飘白絮,浮动暗香无数。

旁逸斜出招摇,芳姿妩媚难描。半淡半浓带雨,花开花落妖娆。

临江仙·象山水月

一饮漓江长醉,经年不复天宫。平添尘世景千重。水沉圆月在,山起石林雄。

今夜竹舟何去?訾州烟雨迷蒙。云峰悬鼓击清风。弦歌轻递浪,渔火映苍穹。

沁园春·春韵

一掠东风,万物昭苏,瑞气和融。渐野田着绿,蜂飞蝶起;家山披彩,竹翠桃红。盛世开端,顿垂大象,逐鹿先声自俊雄。知春早,敢旁心生骛?宿愿皆同。

牛躬旧土千重,谁能晓、年年乐此中?任粮仓粮满,捧丰米谷;酒樽酒溢,敬醉秋冬。新故相推,前承后启,久久为功雕玉龙。今圆梦,尽八仙过海,各显神工。

沁园春·博鳌年会闭幕即兴

博鳌蓝图,华夏声音,举世共鸣。正东方崛起,兼容并蓄;西洋没落,划壑相倾。存异双赢,求同互惠,无奈萧墙难太平。时空变,叹衰潮假势,末弩强擎。

奔霆拍岸涛惊,引虎啸龙腾八面迎。借劲风缕缕,扬帆冲浪;浓春寸寸,驭马盘营。汉武秦皇,唐宗宋祖,多少传奇史里听。独此刻,续百年大梦,指日中兴。

沁园春·梦萦深圳

闲寂渔村,一梦穿圆,北上竞雄。望羊台叠翠,白云掠影;莲山耀彩,紫气横空。累土沙头,聚贤硅谷,华夏丹青着墨浓。长相忆,仰迷津指点,两制包容。

非攻椽笔情钟,引虎啸龙腾八面风。自思承千载,已成伟业;视通万里,蓄势元功。半卷蓝图,几春烟雨,旭日蒸腾广宇中。又度曲,唱鹏城今昔,瞠目神工。

沁园春·再登滕王阁

五水相邀,杨汉汇流,尽聚豫章。有子安击节,挥毫酬唱;元婴升帐,把盏周舫。酒溢江风,墨薰渚岸,一纸骈文天下扬。春秋去,历盛衰兴废,非比寻常。

沧桑多少迷茫,总昂首、雄姿续大唐。更东湖枪立,曙光初上;西山炮响,朝日重镶。旷世时逢,云雷淬砺,又见洪波万里樯。凭栏处,想当年那阵,何等儿郎!

许成霞词选

临江仙·沪江赏花

宏厦依楼奇葩种,春风绵树呈红。天高云集敛楼峰。暗香吹浦岸,繁景二月龙。

半夜急雨残风景,艳花惊斗邪浓。桃梅冷淡巧过风。日朝再纵赏,醉倒绮罗丛。

沁园春·新时代闹元宵

春雨撩娆,城荣新生,微信呈之。问讯涛涛涌,亲朋谁谓,文词使者,别样情痴。宵夜和庆,乐添民集,红酒猪牛烤肉滋。香苏味,五彩多馅艺,人迎嬉词。

似书息是春眉。游灯会,风流佳语知。沪笋楼箫月,深宫富贵,升平歌舞,行乐须吹。群海机扬,满城飞信,学士常人低看疲。来年宴,信息传天上,月在云西。

渔歌子·新渔翁乐

天线景水浩无垠。小舟闲翁捕鱼君。险坝下,水浪鳞,高阳酷热也不呻。

人月圆·佳节黍

雨延蒙渡中秋节,帛逸富袍身。岁年月饼,滔天富贵,缺了双亲。

魔都华彩,热衷多少,携女探坟。街无静夜,家全团坐,满月真黍。

菩萨蛮·秋农满

爽风拂面秋深唤,看它谷稻浪金片。瓜果菜堆鲜,满筐急上摊。

谁看乡里贱?菜地黄金产。有机菜残煎,大城求得难。

满江红·滩头霸业族人传

丁酉终端,族聚首,家人皆好。宝龙宏,情深似海,酒香飘绕。急得吴刚偷久看,欢声笑语忘杯少。合拍缘,倩影永恒留,之谈笑。

亲情在,昌盛好。慷业福,歌声绕。致诵词心雨,润泽芳俏。携手虔诚添景秀,上海滩许家多娇。想当年,文强霸成王,家印笑。

定风波·新农民作业雅趣

莫道新农没福星。何妨鲜菜食材羹。锄早挖坑阳阴日。出力。退休不寂任由盈。

春迎日头秋雨打。知性。四时沐野渡余生。风雨霜花总是养。好爽。是劳是作是雅行。

长相思·回家过年

日一千,夜八蕃,寒雪萧条思扑鸯,全家好聚团。

昨三援,今三辕,爹妈怜儿共苦喧,母家才是源。

卜算子·故乡年诗会

纪念青龙湖诗词朗诵会活动

湖面风行轻,舟间人会坛。一年一度叹庆餐,久盼聚流扇。

唱合歌行起,唯除自影单。一词一句表心欢,故国早冬喧。

卜算子·女儿卑

世间多风尘,美丽何来错。春月尤秋自有乐。总赖情女龊。

理也哪来正,说了如何学。貌似山花粘满头,莫问媳归岳。

许太平词选

蝶恋花·闲思

细雨霏霏时已久,独自徘徊,风动池边柳。无事闲来斟寡酒,暂将思绪抛身后。

几旦通宵书案守,院后花前,桂影无穷诱。周折几回人已瘦,醒来梦觉情依旧。

浪淘沙·与友人游岳阳

随伴旅秋游,洗去心愁。巴陵胜状尽收眸,鲁肃楼前留倩影,君子希述。

登岛碧螺洲,碑石金鎏。潇潇斑竹舞轻柔,君妃芳魂传万古,歌赋情遒。

浪淘沙·观汨罗首届乡村广场舞赛

一

村妇舞歌排,各展奇才。四方观众一齐来,簇簇鲜花遵序令,次第催开。

歌舞庆舒怀,乐享优哉。翩翩起舞在尘埃,风动连衣裙带摆,仙境蓬莱。

二

恰遇好时期,菊梦依稀。清香阵阵沁心脾,婉转歌声人已醉,心旷神怡。

圆梦上台基,再展红旗。同心共谱赞歌词,华夏儿曹齐努力,天播星熹。

临江仙·同学聚会

雨过天晴来聚会,气舒人爽氛浓。神怡心旷绽欢容,寻回旧梦,诗咏在寒冬。

欢庆团圆齐把盏,佳肴美味香醲。你来我往话维恭,共同祝愿,携手跨高峰。

浪淘沙·一年四季

一

草木最知春,依次生新。桃红李白透氤氲,蝶舞蜂飞留恋眷,追戏而巡。

炎暑气清纯,犬吠猖猖。田园苗秀际无垠,只待金秋丰稻谷,喜聚粮囤。

二

丰产庆金秋,煮酒聊酬。家家欢喜换金銮,筹建暖巢人阔绰,又议冬游。

冬冷酒驱愁,四季轮流。载歌载舞度春秋,民步小康圆国梦,往事回眸。

蝶恋花·天下许氏一家亲

万里筹谋群荟萃,一脉相承,世许高阳岁。续谱追源家祖祭,招来仁义人聪丽。

德播云天弘孝悌,丰懋宗功,后裔人才济。圆梦神州伸正义,祈求忠信来传递。

潇湘神·游君山

妃恋君,妃恋君,血痕斑竹泪冬春。游客且知娥女意,青螺留忆古时人。

卜算子·观电视连续剧《第一声枪响》有感

夜静火相陪,电视舒人秀。并茂声情唱古今,勾起人怀旧。

追忆战争年,励志驱倭寇。弃舍抛家报效时,愿我神州懋。

减字木兰花·观中年妻丧夫

冥途悲罔,心痛凄凉人破嗓。怎唤亲归,燃尽香炉意愿随。

身形恍现,憔悴音容思已倦。愁待天光,犹听哀鸿字字伤。

朝中措·新年同学聚会

红联彩照透氤氲,年味系高邻。鱼肉酒香飘起,浓情聚会同仁。

推杯换盏,人生砥砺,已是初春。但待桃红柳绿,同舟搏击晨昏。

醉太平·贺新年

门联挂红,年来味浓。农家欢喜皆同,叙丰收酒盅。

春归恋冬,枝芽换芄。桃花红透苍穹,秀天边彩虹。

南歌子·祝妻子五十岁生日快乐

自嫁姑为妇,花容镜惯梳。佐夫励志小康余,哪管欠亏多少乞求无。

五十知天命,持家义效初。手牵爱侣唱相濡,笑看鸳鸯戏耍赋诗书。

蝶恋花·三八节抒怀

别母嫁夫前景构。创立家庭,忘了闺中秀。梓里融和勤造就,乾坤一曲高歌奏。

堂上双亲添鬓皱。顾盼儿孙,代代丰功懋。君子好逑休厌旧,庭前风水神恩籀。

卜算子·春雨夜

春雨落幽幽,夜尽人难静。唯见天宫电闪鸣,晃荡孤身影。

雷震撼心头,夹恨何尝省。黑夜惊凋梦里花,门外寒枝冷。

蝶恋花·雨夜思

天变刹时潜寓所。凉意侵身,移步窗前伫。有客匆匆如捣杵,顶风冒雨归家旅。

电闪雷鸣愁万绪。往忆寻常,岁岁歌循序。冬去春来寒暑距,花开花谢何时许。

鹧鸪天·步韵潘老师同学群聊天

静览留眸微信群,千秋各有唱光曛。笑谈别后沧桑事,回忆同窗诚挚仁。

人渐老,性磨纯,时逢盛世话斯文。问天借得余晖热,点缀人生莫皱颦。

更漏子·春恋

柳枝柔,春雨细,花惹时光传递。飞紫燕,盼金乌,树林啼鹁鸪。

愁云薄,暗天幕,难觅眼前城廓。灯熄灭,绣帘垂,梦中谁识谁?

清平乐·梨花颂

梨绒初露,惹得花苔吐。羞涩枝头留玉絮,暗恋春光永驻。

临风招展飘摇,骚人词汇难描。浓淡均匀欲滴,思凡仙女魂消。

鹧鸪天·咏竹

岁月昏沉不计年,盘根错节土中眠。呼风唤雨求滋润,傲雪凌霜著锦篇。

迎岁月,续前缘,展伸枝节秀山川。一朝三友同披彩,装点神州赛雪莲。

鹧鸪天·思亲

谁识酆都地府城，眼前荒冢草青青。三杯酹酒坟头祭，一曲阳关地府倾。

娘谢世，父仙成，须知儿女此时情。阴阴两隔难相见，梦里相逢在汴京。

思帝乡·风

情义酬，急风追绿洲。柳絮纷飞留恋，耍风流。

只道苍天有意，欲驱愁。待等来朝日，暗签收。

鹧鸪天·赞四川千年古银杏

蜀地奇珍稀世葩，栉风沐雨缀疵瑕。蹉跎岁月千秋幻，荏苒光阴万念赊。

怜旧叶，绽新芽，几回梦断奏胡笳。尘缘滚滚姿容逝，莫笑沧桑树影斜。

浣溪沙·初夏雨前景况

春去夏归暑热连，湖心菡萏水中眠。蜻蜓错乱舞翩跹。

风动清凉波皱皱，雷催云集雨绵绵。闲来鸭客戏田边。

巫山一段云·棋盘山的传说

水秀山青地，山亭对弈时。花开花谢叹神奇，缘定遇仙师。

旁立观棋局，无声笑自痴。岁痕添鬓面容耆，憾下凤凰池。

卜算子·乡村环卫颂

勤政洁村乡,合众齐行动。环境优良兴自怡,秀美农家颂。

领导扮车头,圆我神州梦。不畏严寒酷暑天,愿把温馨送。

许文均词选

采桑·客归

末春趋作姑苏客，入目清新。驿路丁民，曾念归家远旧邻。

居身颓废茫然送。怅逝洲津，涛旧波鳞。一诉痴心化泪辛。

鹧鸪天·芙蓉谣

西阳欲暮远山涯，碧海青波展翠华。纵目幽林池近处，红蜓附尾点荷花。

怡香雅，蕾枝斜，吐艳芙蓉蕊粉裟。牧子抬肩抽臂取，欢谣惬意唱朱霞。

鹧鸪天·蜂蝶恋

旬阳暖照情留人。众株盘结聚坤尘。繁枝招展窈霞映，遍地茵红秀艳身。

蜂王闹，蝶称臣。野花朵朵溢芳频。满枝比目随风释，陶醉花痴诀媚春！

许传军词选

江城子·怀母作

仲秋失怙两分离,卅年时,短生遗。化纸焚香,荒冢引深凄。久别慈恩凌雪雨,心向暖,慕怀依。

夜闻轻唤伴悲啼,仰声仪,发零披。缘幼印残,眉目渐消弥。欲揽详观惊梦醒,腮边泪,月沉西。

许万铭词选

行香子·母爱

儿坠呱呱,十月胎巢。累身倾手捧心交。滋滋甘吮,饥泣声娇。健犊初世,江湖险,母心焦。

操辛到老,轻梳云鬓。任功成名就昭昭。眼蒙耳背,话语叨叨。和善慈祥,不参事,位高高。

点绛唇·台球乐趣

毯绿方台,横纵切点冲轻处。色花双注,杆撞知球路。

炯眼紧盯,杀六门奔赴。看威武,神功我赋。战胜千师傅。

如梦令·冬至

大雪纷飞冬至,手捧烫圆暖赐。甜软兆家欢,纳得春来喜势。昌世,昌世,福满人间佳事。

如梦令·我儿添暖

夜寝妻唠愁叙,幼子瘦身暖煦?风冷又飕飕,弱树乱摇飞絮。急去,急去,邮递羽衫寒御。

采桑子·夜伤梅

凭栏对月愁肠起,寡酒斟杯,离恨伤眉,漫夜星河藏暗悲。

寒光冷照生孤影,空有相随,终不相偎,折朵梅花雪影堆。

一剪梅·忆松江村

且看山村旧瓦房,多少往事,岁月收藏。曾经打闹斗争欺,泪涕帘唇,转诉爹娘。

土灶粗柴大水缸,晒谷丰仓,饭菜家常。河堤坝尾二流郎,不觉蹉跎,又忆松江。

蝶恋花·农历二月末骤雨

电闪苍穹浇雨幕,倾泻哗哗,处处残花落。休怨老天情践作,枝头幼果谁能数?

不怕狂风摧几度,当是摇篮,荡似秋千乐。他日定骄阳再获,丰收硕果哪来错?

点绛唇·清明祭祖

又是清明,柳风湿眼花沾雨。三牲案布,茶酒添些许。

血脉相承,碑记名清楚。怀先祖。上香烛举,冥宝飞烟舞。

许江平词选

鹧鸪天·苦笑凄声蛙悯咽

凉风习习春末天，一轮皎月坐山巅。池边杨柳摇疏影，路下清溪波起涟。

恰似那，芳心牵。几多惦念几多怜。凭窗叹对空空夜，苦笑凄声蛙悯咽。

蝶恋花·春韵

徽水萦风香郁满，柳絮轻飞。蝶舞青山漫。陌上繁花争艳短。燕巡新地衔泥穿。

天碧云闲多懒散。曛日徐徐，春色七分侃。绵雨三分滋物灿。四分留住莺啼软。

如梦令·野地香梅树下

野地香梅树下，嘻笑媚嗔戏耍。蜂误面如花，小口捂惊乍乍。不怕，不怕，看哪痴汉护驾？

第三辑

现代诗选

许涞华现代诗选

蛙稻

伴我长大
有一天
集体失踪天涯
端盅老酒
问青天
江山何日如画
又闻蛙声似归家
青西夜
风吹稻香泪成花
点滴心头
润万物
虫鱼日新不暇

泰然

火在燃烧
痛心举起微笑
家什成灰风情也
逍遥
天没塌
人在天未老

车已翻了
尘土挥手抖落

凌风昂首
天地谁仲伯
走一遭
青山绿芳草

血流脸角
美丽化为娇
江山万里
杨柳绵千条
定睛看
自在未动摇

那一夜

那一夜
我露宿街头
几根柑蔗
让一位少年心揪
每一次驻足
每一次回眸
都让我
希望悠悠

那一夜
我露宿街头
紧急集合
让一颗红心颤抖
每一次操练

每一次守候
都让我
努力奋斗

那一夜
我露宿街头
绿色尽脱
让哽咽直捣深喉
每一次遐想
每一次登楼
都让我
五洲赳赳

那一夜
我露宿街头
流浪挥手
让洒脱贵为诸侯
每一次朝拜
每一次停留
都让我
志向依旧

我的神

对于神
我无能无力自讽嘲
虚心学习
膜拜虔诚日月高

可有人
身处山脚瞎叫嚣
时空见证
自不量力是胡闹

神在天
洞察万物真理遥
世人莫道
修身恒古方不老

三交①

无论在哪
你都在圈内
无论何时
你都在体验
生活与生命在握手

如果有我
我一定要寻找
如果有你
请你不要逃跑
情义与现实在奔流

————————

①三交：交通、交流、交易。

此刻

此刻
光连接了你
变换的角度
改变不了七彩的自由梦想
是的
她会让你禅尽而亡

如果
你裸身拥抱
赤诚地交流
换来的或许是怀疑地张望
是的
她会让你初心流淌

此刻
你该奔向何方?

刀与水

水顺刀背无声淌
血色天涯
愁云在风猎猎荡
单骑绝尘
少年英雄赴疆场

绝对两端寸寸光
龙凤脊梁

万种漫语无中伤
大千世界
桅杆尖头驰长江
梦里叠影回故乡
刀刃烈烈
膜拜称神无相忘
水上大道
日丽神州铸芬芳

雨

雨,就这样下
不紧不慢
不急不躁
是想把存在的历程写照

雨,就这样下
无色无味
无头无尾
是想把生命的意义嘻笑

雨,就这样下
安安静静
斯斯文文
想把世界的真谛上交

雨,就这样下
自由自在

恣意洒脱
是教导我们也要如此逍遥

智慧

都在追求智慧
自然在笑,小草在唱
树叶落下的轰响
惊醒了蚂蚁抬头仰望
哦
低等的幸福,高等的悲伤

都在追求智慧
星辰在眨眼,月儿在穿云
量子奏响的波浪
充满了宇宙的海洋
哦
杂乱的设计,智慧的荡漾

都在追求智慧
威严的庙堂,沉重的轰响
打碎脑壳在寻找
偷窥智慧是啥模样
哦
自以的为是,打造的黄梁

都在追求智慧
飞舞的铜眼,名利的战场

计算中心的序列
追逐着尘埃的蜘网
哦
四起的狼烟, 刀剑的商量

都在追求智慧
只求你恬静, 只需你无相
聆听尼采的婴儿
把人字放在心房
哦
温柔的怀抱, 智慧的亲娘

悠着点

骨头在身后喊
咔咔声响日无餐
天下大事风云起
且慢, 且慢
形色空有盤如山

灵魂在身后喊
懵懂迷茫不知返
物欲横流洪荒滩
且慢, 且慢
空身裸躯回头岸

红月

流转的红月
今夜把时光压碎
环绕的时节
写下了银河的片片微涟
一百五十二个春秋
带走思念无数
辗转难眠的相见
是谁寄放在无梦的冬夜
七十亿地球的儿子
你却无一人能细细分辨

万千仰望的空隙
美丽展现了无声的长影
江月何年见人
何人初见江月
我会一直在这片树林
等候相约的拥抱
我很想再见你的风情

启蒙

腊八过了三夜
菩提树下仍没有听众
走过的路重复选中
突兀的雪飘洒眼前
凝望纷飞的脸
我心从容

我祈祷而见
万乐环绕的草棚
有一盏油灯在跳动
与无始结缘
只待觉悟万千
我心正浓

想雪

洁白的花朵
我可以忍住看不见你
但忍不住不想您

昨夜的灯光
打扮了无数的天使
来了,你终于来了
片装的温柔
给冬天穿上了盛装
给孤独留下了念想
今夜,不经意
美好正徐徐铺开
有些事
有些人
总是不经意错过
就象雪……

走街

零点的街
在冬夜里徘徊
深缩的颈脖
走在回家的路上
背影告别了教授的灯光一群群两轮的黄虫
一阵阵四轮的甲壳
一群群三五不等的浓妆
迷散在霓虹灯下的道场四公里的延伸

七十五公分的每次丈量
试图想把夜晚
捆绑在奋斗的肩膀
蓝球摧残的踝关节
剜心的痛
只好放在胸前的包中躲藏
走过营口
走过国顺
穿过黄兴
穿过国定
终于看到车库怪脸的悲伤
风雨洗刷的政院
属于我的那盏灯已经熄灭
跛脚的记忆
收录了从蛙鸣到噪杂的变迁
看不懂的花鸟虫鱼
统统在 PM2.5 的打扮中挣扎

无语的子夜
听见了一号院的集结
理解了二号院的脊梁
体验了三号院的芬芳
颓废的枝丫
清冷的院落
期待在春天里把所有的失望绞杀
疼痛阻碍着爬楼的脚步
一步是过去
一步是现在
一步是未来
一步步向楼上延伸
到家了
我很想做一个美梦

走过

冬日的阳光
躺在我的脸上
旷野的风沙
呼喊着旅行者的行囊
我加快脚步
掠过沙丘
翻越山岗
停留在涓涓溪流的身旁
大爆炸的奇点
追逐着生命的尽头
穿越的淡淡清香

苏醒了曾经的健忘
时间弯曲了记忆的压缩瓶干熟悉流水
带给我第二次进入的快感
梦幻泡影
让我想起了走过沼泽的前生
失去的情怀
忽视的人事
统统升腾着星光璀璨
如土的金钱
虚拟的权威
统统都捆绑着拷问
榨干的灵魂
无助的足印
统统都敲打着我的心
奔走的匆忙
劳顿的身躯
统统都化为天边的浮云
同一个世界
同一片蓝天
让我们高亢
请走过自我设置的青坟

静

静下来
风儿会告诉你
大海的心在哪里歌唱
透过迷雾的情思

有一天,你会撞见天使的翅膀从此,思想的光芒
打开了问号
融化了创伤
幸福的鸟儿
在好人的肩头找到了方向

静下来
雨会告诉你
长长绵绵的追寻藏着什么味道在芬芳的草堆里
心为何而燃烧
你走过的每一处足印
都会在露珠的眼睛里跳跃
接下来的日子
你没有乌鸦围绕
也没有小丑偷笑
打湿的过去
会在东方朝阳里自由的奔放

变迁

小时候
我盼望长大
眼前跳动的伟岸

真的弥补了我缺失的呼喊忙
乱中的成长
点燃了我
荒漠中的绿洲

然而,我不想说
究竟是谁把我打扮得如此漂亮其实
我只是一丝随风飘散的创伤

成年后
清晨的无数个黄粱
漫过了肩膀
爬过了沼泽
一圈圈的记忆
打湿了泥腿
也成全了补丁的苍桑
有人故意把童真粉饰
却不想听听老去细胞的歌唱
音符中的油盐酱醋啊
怎能阻挡我对自由的向往

行走

我在哪
时间的隧道里
我被光速扭曲了腰身
伸手触摸一下世界
已到公元 2035 年
存在的画面
终于定格了前行的驿站

我是谁
人生的维度

丈量着每根白发的密码
浓缩的芳香
诠释着不见来者的等待
存在的思量
让未来的梦想无处躲藏

我去哪
飘香的油灯下
发黄的手稿在低声诉说
走过的山水
已捣碎在心中发芽
存在的呼唤
再次点燃了追赶心灵的胸膛

绝版

换一种时空
找不回浓烈的命运
煮沸的酒
阉割了水的柔情
张扬地活着
卑微地死去
只能让魔鬼笑抽了筋
不用道具
不变布景
赤裸的心脏
连收尸官都不敢吱声绝版的电影
绝命的绞索

就这样悄无声息地沉沦

AI

人工智能
是危险
还是福音
抟泥飞舞的后代
仍把自己
定义为宇宙的中心
十一维的分界
阴阳调和着
平行世界的法轮
智慧的碳体
创意着
影子的原型
终有一天
诸法无我的定律
将会演绎出
过眼云烟的机器神
然而,那时
我们并未准备好
如何远行……

醉野

踏入神圣的池杉林
忘却了人间
融入了生命

次原子触摸的晚霞
微冷的水面
荡漾着宇宙的心
一行背影
串联了幸福的灵魂
白鹭回巢
杉灵飘飘
一万个追问
水泥丛林的法则
终究挡不住
渴望自由的精神

感恩

感恩你的泪水
摧生了童年的芳华
感恩你的脊椎
弯曲的弧线
撑起了向往的天涯
而如今
芳华浪迹在天涯
我用什么
向泪水与弧线俯下……

渡口

时空的某个渡口
忽略的痛
以混沌的方式

迈开了寻找的节奏
鸡叫时分
摸了摸天上的星斗
瘦弱的叹息
消失旷野的尽头
四十年的风霜
已化作
无言的等候
离开的记忆
顽强地封杀了
前方的一万条理由
逃回山村屋后
更不见亲人招手
菊香了
人非了
在生命的拐角处
向往的火焰
焚烧了欲望的大楼
或许
消费了几亿年的代价
这次
又遇上了一个新渡口

改变

你的雄心
冲破了地球旋转的方向
你的成长

鞭挞了你审美的目光
当灯光燃尽时
懊恼却塞满了你的胸膛
无语的告别
留下的脚印
却让世人参悟到天亮
时间的沙滩
变换的周遭
却带不走烟尘的真相
过往的山川
未见的日月
却挡不住永恒的故乡
一粒尘埃的微笑
一丝轻风的叙语
那就是
每个人
都得守着内心深处的凝望

空军

我曾是空军
蓝天是我的背影
花白的头发
牵挂着久违的军营
剁手党的快乐
让我用军礼与你对等
我知道,68 年前的今天
你刚刚出生

我曾是空军
呼啸是我的本分
昏花的眼神
拍打着铁骨铮铮
双"十一"的诱惑
让我用回眸数着星星
我知道,铭记你生日的
就是我这号人

拐角

交换的季节
孕育了头颅的思考
匆忙的脚步
失去了对存在的燃烧
瘦弱的影子
对天傻笑

刷脸的基因
阻断了前进的路条
迷乱的时空
竟有人怜悯着小草
脚下的铃声
一路奔跑

一半

天边有弧线
那是梦想的起点
枫叶随性飘
那是生命的轮回
半月丈清秋
那是生死的笑脸
一半是过去
一半是现在
有谁实现了梦中的家园

巨人

奇点爆了
理解奇点的悠然地走来
那弯曲的时空
历经落日楼头的等待
维度支撑了公式
与秋水称量着
这个
无穷无尽的平行世界

虫洞来了
穿越的眼睛却不在
思考与微笑
早已变换成追问的失败
我拍遍横栏般孤独

穷尽无知的肩膀
巨人
是否来自某个宇宙中的柏杨

模样

未来啥模样？
洞穴的回忆
牵引我路过
空气流动的方向
自然的法则
拥抱了灵魂的叹息
行走的步伐
每每将演绎那老庄的梦想

纠结的大街
倒影在天堂的抽屉
重置的生活
体验着快乐地奔忙
流水呼喊着
浪花飞溅着
统统将洗涤那霉烂的村庄

自由的火花
在庄严中聆听
幸福的无为
在灵性中张望
未来的温柔

让欲在打滚
让权在上吊
个个将奔向那时空的走廊

量子

猫在叫
量子薛定鄂
把手放在心头
物在笑
何等虚无
不知道

游逍遥
不见秦皇焚儒烧
百年孤独
终极老
有谁置信
天之骄

微尘妙
娑婆三千云飘渺
不计时空
正年少
万般期盼
射大雕

无史

无史的未来
在宇宙的角落盛开
微尘茫茫
星星点亮
沸腾着
无机的迭代
夜静思
纠缠的个体
又怎知有机的情怀灵魂其修远
智能亦无赖
不慌不忙地打扮
漫不经心地作派
有谁晓
生命是否永续可爱

钱

走入虚空
光怪的幻觉
撑起了沙漠的天堂
苍白的努力
把希望绞灭杀光
我请你
到魔幻迪拜走一趟

逃离迷茫
躲在孤独的山坳

让生物的算法
切断了柔情衷肠
数春秋
掳掠了失落的忧伤
我请你
对天开怀朗朗

细思恐想
控制力鞭打着欲望
时光遂道
掏空了谷物的清香
跪拜暮鼓
顶礼山顶露珠的凝望
生命的原浆
在阳光下的蒸发
这,也许就是方向

歇

我不知从哪来
生命的种子
也不曾歇一歇
疲惫的双桨
无语的湖面
纷乱在露水的肩头
有谁
躲藏在密码的背后

我不知到哪里去
寂寞的等待
也不曾半点光彩
坚强的背影
满脸的疑问
勾勒了天地的基因
有谁
已打开黑洞的前程

等候

负重躯体
融入苍色的故乡
时空玄虚
捣碎了激情的理想
似睡神经
带着奔跑的芬芳

扭动魅影
敲打了游梦的腾图
万劫悲伤
包裹着拥抱的怒火
闪电节奏
让欲望无处等候

月

我不在意
今晚有无银盘
寄一张贺卡
挂在风口
让每位笑脸
乐而忘忧

我不在意
今夜有无杏花楼
写一段微信
种在宇宙
让每一盏灯火
福泽神州

许放现代诗选

秋在哪里

秋在哪里
秋在轮回的季节里
秋在成熟的原野里
秋在变换的色彩里
秋在悬挂的硕果里

秋在哪里
秋在风霜的寒凉里
秋在黄叶的飘荡里
秋在菊子的绽放里
秋在桂花的浓香里

秋在哪里
秋在飒飒的清风里
秋在蓝蓝的湖水里
秋在淡淡的画意里
秋在浓浓的诗情里

秋在哪里
秋在劳动的歌声里
秋在丰收的喜悦里
秋在万众的追梦里
秋在祖国的昌盛里

献给春天

立春了

送走了萧杀悲凉的寒冬
迎来了和煦温暖的春风
春天正敞开青春的怀抱
深情地与大地亲吻相拥春来了
血液与河川同时解冻
思想与草木一起萌生
杨柳蓝天下舒展泛青
莺鹂白云中婉转啼鸣

春过处

积聚一冬的烦闷抑郁
要被温暖的春风荡净
不堪忍受的伤痛悲情
会被明丽的春光消融

望春天

江河在春天里日夜轰鸣
山峦在春光里青葱峥嵘
禾苗在春雨里拙壮生长
花朵在春色里姹紫嫣红

看春天

鸟雀春天里招莺引凤
鱼蛙春天里寻觅爱情
藤蔓春天里攀援枝柯

蜂蝶春天里醉舞花丛

思春天
春天是生灵死亡后的再度新生
春天是万类萧条后的重新繁荣
春天是生机沉睡后的再度清醒
春天是活力停歇后的再度喷涌

致春天
春天是岁月最美的风景
春天是人类美好的憧憬
春天是时代辉煌的标志
春天是祖国伟大的复兴

最美的相见

你是我最美的相见
至今让我梦绕魂牵
你摄魂夺魄的惊艳
常常让我情动失眠

往昔无数个平淡的日子
我常常对你出神的观看
你身上隐藏着多少秘密
我总想在上面找到答案

上帝偶然牵来一根红线
让我有幸与你天上相见

当愿望终于得到实现
无异是场瑰丽的梦幻

当飞机呼啸飞上蓝天
当狂喜喷涌撞击心弦
当飞行高度达到极限
我与云海在天空
终于有了最美的相见

你是千里冰封的雪原
你是南极大陆的地面
你是白玉凝成的波涛
你是瑶池铺下的毛毡

你是高山悬挂的冰川
你是大洋飘来的气旋
你是蓝天放牧的羊群
你是嫦娥洒下的花团

你是浪涛的翻卷
你是浓缩的炊烟
你是堆积的棉絮
你是旋绕的山岚

丹青描绘不出这么美的画卷
笔墨书写不出那么柔的梦幻
沙漠反射不出那无涯的浩瀚

素棉映照不出这洁白的光焰

这高天之上的云海风光无限
我在云海之上更是感慨万千
千年的修为才能换来一次牵手
是什么缘分让我们有了这最美的相见

强烈的视觉冲击
让我头昏目眩
奔腾的情感浪潮
让我接近疯癫
飞机降落大地
可我的思绪没有降落
云海重回高天
可我的目光仍在天空流连

我不忍就这样告别云海
我得给它一个赠别留言
我要让它知道
这一次相见让我终生难忘
我还要告诉它
我渴望着与它的再次相见

相见的美好让我留恋
相见的意味让我慨叹
我看到人间的美景在天上
我感觉天上的幸福在人间

望天树

你是大山孕育的宝藏
你是热带雨林的辉煌
你是版纳靓丽的名片
你是勐腊骄傲的荣光

望天树啊望天树
你诗意的名字多么响亮
你挺拔的身躯多么雄壮
你肥硕的胸径无树企及
你迷人的风姿让人遐想

你的高度让同类仰望
你的笔直让松杉迷茫
你的材质比桧柏坚硬
你的树龄可达千年之长

你挺拔的身姿
好像倒立的惊叹
展现在蓝天白云之上
你碧绿的树冠
如同华丽的伞盖
在山峦之上摇曳飘荡

万顷绿波
臣服在你的面前
悠悠白云

细心地为你梳妆
高傲的灵魂
笑看着山谷涧水的拼命流淌
凛凛的风骨
站立成森林举世无双的风光

你们是一群孤独的灵魂
在默默地守望
你们是一群行吟诗人
为雨林谱写着原始的篇章

能与寂寞抗衡的
是你身边流淌不尽的红尘时光
慰藉身心的
是有情造物赏赐的雨雾风霜
没有什么树种能与你们比肩
在高度的竞争中
只有你们自己的相互较量

一个偶然的机会
你被人们发现
从此森林那平静的湖面骤起风浪
曲折蜿蜒的山路上
从此游动着一双双惊奇的目光
有人的地方就有了奇思妙想
钢丝和绳索被组合成一条空中走廊
智慧的人类啊

总是在用各种方式
刺激着神经震颤着心房

我在空中走廊上极目眺望
一眼望尽
山峦的波涛和森林的苍茫
我惊诧
峰峦的磅礴和林木的葱茏
我慨叹
人类缺乏对自然的尊重行为实在有些荒唐

站在廊桥上我抬起头颅
再次将你虔诚的仰望
你依然如长剑向空
气定神闲的沐浴着阳光

倘若你也能与我一样
睁开双眼观望四面八方
你能否看到和领会
苍穹的浩瀚和宇宙的洪荒

那些语音混乱肤色各异的人类不远千里而来
难道仅仅是饱饱眼福而不是为了交流和欣赏
有谁能够真正的认识和理解
你的沉默你的豁达就是你无声的思想

站在望天树下

我仰慕你的高度你的笔直和你的粗壮
我敬重你的坚韧你的豁达你的不屈和顽强
你的优秀你的风韵还有你的荣光
才真正是我的心仪我的追求和我的榜样

望天树啊望天树
与你邂逅是上天赐与我的最珍贵的礼物
你指引我在红尘世间如何辨别方向
我多么向你一样
成为一片迷人的风景
携带着我心爱的诗篇
与挚友一起默默地走向远方

我长成了开满繁花的树

三十多年前
青春的我在梦里
曾梦见一棵树
繁花开满枝桠
既诱人又鲜艳
像珊瑚像雾凇
一树的琼瑶
一树的灿烂
就像焰火的光焰

梦境太真
便深嵌记忆
常常千百度地追寻

梦境中的物像
一直没有再现

岁月匆匆
时光荏苒
白发皱纹催我进入暮年
蓦然回首
忽然间看到那棵开满繁花的树
就在人生河的对岸
我的身影就是那树干
万家璀璨的灯火
就是那繁花一片

在波光潋滟的河上
漂浮着一首首诗篇
我心旌荡漾
一阵昏眩
恍惚之际
我看到那些诗篇
竟一瞬间化作花朵
在我的脑海里开放惊艳

哦
我恍然大悟
我的人生就是一棵开满繁花的树
我的梦幻就是我的期盼

秋咏

秋风寒秋秋风凉
秋色染秋秋叶黄
秋云荡秋秋空爽
秋阳沐秋秋野靓

秋山秋水着秋装
秋茅秋荻满秋场
秋草秋菜结秋籽
秋桂秋菊溢秋香

秋色满眼阅不尽
秋情满怀醉心房
秋思萦心抒不尽
秋笔漫书华彩章

许成霞现代诗选

马图腾

在远古有一个贵富，
向所有人介绍他养的一匹马，
把一条马养成一群马，然后
再把一群马换成白花花的银子
这其中的艰难历程，是现代人
使用穿越镜头捕获到的
令人眼红的一条纯正种马
会放香屁，是震耳欲聋的
香屁，值二百两银子
马是畜生，有次得病了
贵富为了证明他的马高产优质
曾叫来一伙人和马比
马的尾巴还没有撅起，屁
没有放成，那伙人立即倒在地上
干吗呀（马问），闻屁（人答）
屁在门前一放，果真香倒一片
马回头一看，一地人头
那贵富因养马发了财
而贵富再也没有人想起他的名字

春雨

嘈杂、复调的春雨裹着柔柔的体温
在渐暖的风里

仅仅是
整个春天的背景

橘黄的光线
在春雨指挥棒下
淅淅沥沥
时隐时现
时聚时散

一湾小溪
扭动着曲线
一浪高过一浪的
喘息
与一滴滴春雨
交相滋润
渐快的,由若变强
山巅云朵
相互吻擦
细细的
绵绵的
积蓄浩瀚的能量
将用震撼大地绿色
彰显春天的乐章

许流华现代诗选

幸福都是奋斗出来的

把不快的一切送上月亮，
残梦留给昨天的夜晚，我会在梦中了然。
把希望的一切送给明天，
惟愿这是奋斗的源泉，
幸福会源源不断。
我努力正在继续，就是太阳升起的今天，
会闪烁诗人激情无限的火焰。
永远别对昨天有太多抱怨，因为它改变不了一切已发生，
唯有快乐藏在心里边。
别对幸福视而不见，幸福都是奋斗出来的，
伴随你我今天的阳光灿烂。
别把希望淹没于艰难，苦熬的我不忘初心，
会有砥砺前行的明天。

红旗坡农场姑娘

款款步出诗经中的姑娘折一支蒹葭，
折一滩苹果中的秋波物语，
渺渺茫茫一弯寒水，天山南北到处都是，
白衣飘飘貌若天仙栽种苹果的姑娘。

诗经如喷薄细雾，幽香芳踪似有还无，
每一个硕果都呵气如兰都是睫毛惹露的怜尤吟唱
塔尔木河顺流而下或者逆流而上，

看望我心爱的佳人，始终宛若、冰水的中央。
相思就要渐渐秋冬转凉，
心爱的姑娘追寻你让她心慌，
那更深露重的爱情已经打霜，
慢慢已经挂果芬香，

依岸芦苇萧瑟、雪花飘落红丹之上，
水鸟早已天各一方。
寻爱的情郎执一支长箫，
渐行渐远、渐行渐远，眸望靓娇，
走进一部精装而优雅的文字，
滴泪为露凝成冰糖，
爱心这个红旗坡苹果的诗句，
所谓伊人、它在水一方，
期待你的欣赏和你拥吻的畅想……

许正善现代诗选

秋韵幽兰

暑往寒来春复秋
夕阳桥下水东流
晨观白鹭,夜听潮
往事不堪论回首
笛声送绪愁
兰花桂子争魁宠
小楼昨日又东风
朝起白雾,暮朦胧

窗外听涛意更浓
琴书伴雅亭!

观世间与看破

万物生灵吸取日月精华,
锦绣江山大为美好,
萌草含蕊发于瑞芽,
春露百花争妍,
秋霜叶落飘絮,
夏令炎热难当,
冬至梅雪芬芳,
云飘山转水自流,
光阴迅速几时休,
岁月无情摧人老,

短暂人生不久留，
黄金白玉虽富贵，
权位利益何堪忧，
若是世人看得破，
弃尘遁入去清修！

许氏一家亲

晨观朝露，暮听潮音，秋赏桂子飘香，
春风迎来百花争妍，夏有蝉蛐共鸣，
冬看腊雪梅放，时光荏苒，岁月无痕，
人生道路大家携手同行，认识是种缘分，
血浓于水同根同源，许氏始于炎帝，
源出许昌，后裔开枝散叶，英才辈出，
(天下无二许)许氏一家亲，
希望自家人珍惜亲情之宜，互相互助。

许万铭现代诗选

我和春天有个约会

风来含情,轻柔拂过脸颊;
雨来含笑,挥洒着相思和浪漫;
嫩绿的芽片子争相挺姿参天;
就连蚂蚁钻小花偷蜜也美丽动人。
看百花闻芳香害我词穷。
山鸟领唱各自的情歌,骚动着心。
叶脉流滴把力量汇成能量,涓滴成河……
一切美好纷至沓来为我见证:山舞陵,
江水美洁,咚雷阵阵,下梅雨,天地和,
我与春天有个约会。

许平现代诗选

国魂

黄河长江
万里水涛涛
淘尽多少不平事
洗去铅华
还我民族英豪

昆仑长城
横空雪飘飘
阅尽人世间春色
隐去金戈
大展盛世国豪

恩德

半截粉笔,写不尽才高八斗;
一根教鞭,勾勒出人生春秋;
滴滴汗水,浇灌着桃李千亩;
谆谆教诲,早已未雨绸缪;
融融关爱,永驻学子心头。

许贤富现代诗选

纪念教师节

三尺讲台,一根粉笔,
寒来暑往,春夏秋冬,
是您撒下心血点点,育出新蕊亭亭。
您一种行为,叫耕耘,
您一种精神,叫奉献,
您一个词,叫感谢!
孩子是父母的希望和未来,
您对孩子的好,
我们都看在眼里,铭记在心里。
在教师节这个特别的日子里,
真诚地说一声:
老师,您辛苦了!

许双月现代诗选

你来了,你来了

这个初冬的季节你来了,你来了
身披素衣炫舞在自由的空间
你来自天外不屑与尘埃为伍
洁净的心灵洗涤着每一处空闲之地
骄横荡漾的灰尘垂头丧气
不必恒久飞扬,枝头,屋顶,山河大地到处都是家
这个冬天有你不寂寞
你认真地来过,不显一点匆忙
这个冬天无拘无束的你来了,你来了
是你用心,用灵魂装扮了这个世界
不用刻意粉琢你已纯洁了所有
我迎着风感觉到你的气息
我想轻轻地捧着你细心观望
你娇羞地化作水遁极无形
你有你的天地,你有你的理想,你有你的自由
春飞大地你为孕育新生命而来
这个冬天优雅的你来了,你来了
诗人们都在极尽赞誉你碧玉无瑕
你银装素裹了全部
这个世界需要你来洗礼一次
飘飞洒落的舞者祥瑞的代表
折一支梅我要堆个雪人送给你
寒梅傲雪永远不丢的气质
却成为孩子们歌颂永久的回忆

想

每次擦肩而过都难以打开心扉
默默地注视背后
你可以遐想一万个偶遇的场景
落叶盖满曾经追寻的脚步
而你永远在路上
数着来人往的人群
却数不清自己的日日夜夜
忘记很简单要不就留在洁白的纸上
再也不要看作是一种可笑
只是怕不知道其实无所谓
含羞的年代像花一样的年纪
谁也找不到答案时间用来解释一切
你把山花烂漫刻在宣纸
只待一个转身
美丽的情节只在神话中传说
七彩桥畔再不是偶遇而是执意
洁白的心地岂可写尽山情画意
点缀几颗星辰
两点流星
人生很美就算划过天际也要留住永恒

回望

明月秋水睦,奈何已随影。
话一句,情义斜阳飞,路边残荷断难知。
看飞鸟,箫音莫回首,轻云舞尽落天。
今宵无醉夜,七星缀点道边俩茫茫,
我无意徒落无声,四十年华消静。

许杨旺现代诗选

冬夜寒思

斜阳落,冷风频。

因寒向火,为利依人。

英雄诚济世,小鬼暗欺神。

世道炎凉无定律,人情冷暖有区分。

李广难封,飞将功昭日月;

屈原被贬,离骚义感乾坤。

许灵峰现代诗选

围城外的幸福

因为一个人
放弃一座城
没有幸福可以安身
因为一座城
放弃一个人
没有得到安慰的眼神
心与心交错
人与人依偎
放弃一个人就得放弃一座城
放弃一座城就得放弃一个人
人与城的选择就这样难

何必这样执着
该放下就得放
天涯海角有人会为你守候
城里的人出来与爱的人相遇
人走进城里与爱的人相守
只为永远的幸福